Joseph Viktor Widmann

Maikäferkomödie

Joseph Viktor Widmann

Maikäferkomödie

ISBN/EAN: 9783743358638

Hergestellt in Europa, USA, Kanada, Australien, Japan

Cover: Foto ©Andreas Hilbeck / pixelio.de

Manufactured and distributed by brebook publishing software (www.brebook.com)

Joseph Viktor Widmann

Maikäferkomödie

J. V. WIDMANN

Maikäfer-Komödie

Frauenfeld

Verlag von J. Huber

1897

Die Zeichnungen zu der Dichtung sind von
Fritz Widmann.

Huber & Co. Buchdruckerei, Frauenfeld.

Vorrede.

Maikäfer — ? — Kein Verständ'ger kann sie lieben,
Und hassen muß sie, wen das Grün entzückt,
Das, wenn des Winters Flocken nicht mehr stieben,
Mit zartem Anhauch Wald und Garten schmückt.
Dennoch mit Recht wird einmal aufgeschrieben
Die närrische Komödie, der es glückt,
Weit mehr als jedes andre Stück auf Erden
Trotz aller Welt Protest — gespielt zu werden.

Hierin zeigt sich ein richt'ges Hoftheater,
Daß nach dem Publikum man wenig fragt.
Aufführen läßt für sich der Landesvater
Im Schauspielhaus der Welt, was ihm behagt.
Mag pfeifen, toben rings der Menschenkrater, —
Das hilft zu nichts. „Flugjahr" ist angesagt,
Und die Akteure, die Aktricen schnurren
Aufs Podium trotz allgemeinem Murren.

Es fügt sich alle drei vier Jahre zwar
Nur immer dieses Spiels Olympiade.
Doch lang', eh' einen Aeschylos gebar
Und einen Sophokles des Himmels Gnade,

Ward aufgeführt das Stück unwandelbar,
Und bleiben wird's, so lange die Estrade,
Auf der es spielt, noch fest zusammenhält.
Unsterblich ist dies Drama wie die Welt.

Was ihr nun ungezählte Male schon
Auf grüner Maienbühne sahet spielen,
Doch bald vergaßt, sobald dem Blick entflohn
Die kleinen, dicken Mimen, die skurrilen, —
Hier nehmt es hin um mäß'gen Schreiberlohn.
Es ward gekritzt mit manchen Federkielen
Und, — weil der Lenz in Wechsellaunen strahlt, —
In Tinten jeder Farbe hingemalt.

Prolog zur ersten Handlung.

Auf Höhn und Thälern eine Frühlingsnacht!
Die erste nach den frosterstarrten Zeiten.
Der weiche Wind des Südens ist erwacht
Und seines Atems sanfte Wellen gleiten
Bis in der Erde dunkle Tiefen sacht
Zu dort verborgnen stillen Heimlichkeiten,
Die jener blaue Lichtstrom nicht erschließt,
Der von der Mondesinsel niederfließt.

Nicht ist die Tiefe nur des Todes Reich.
Auch Lebenskeime ruhn zu Millionen
In ihr. Aus Larven, blutlos, schwach und bleich,
Erstehen bald, gepanzert, Legionen,
Die jetzt noch, einem Volk von Schatten gleich,
In Höhlen dort, in finstern Kammern wohnen.
Schon ist Erlösungs-Ahnung zugesellt
Der unruhvoll bewegten kleinen Welt.

Laßt uns belauschen, was sie thun und sagen,
Jetzt, da des Maienmundes Gruß sie trifft.
Ein Auferstehungssarg mit Flügelschlagen
Ist jede Scholle nun der stillen Trift.
Die Erdgebornen faßt ein himmlisch Wagen;
In ihnen gärt das süße Lebensgift,
Das mit dem Rausch sehnsüchtiger Gedanken
Ins Weite sie verlockt aus engen Schranken.

Erste Handlung.

Erster Auftritt.

Dunkle Bauernstube unter der Erde. Hans Engerling
mit mehreren Brüdern.

Hans Engerling (zu den Brüdern).

Merkt ihr's? Spürt ihr's? Hört ihr's? — In allen
Nachbarhäusern sind sie am Aufbruch oder schon fort.

Zweiter Bruder
(der zur Thür hinausgesehen hat).

Ja! und ganze Haufen ziehn vorbei.

Hans Engerling.

Auch wir müssen uns fertig machen. Schaut euch's
noch einmal recht an, das alte Haus, in dem wir die
Jahre her gesessen und den Tag erwartet haben, da es
heißen sollte: „Das Volk, das im Dunkeln wandelt,
sieht ein großes Licht." Der Tag ist da! Das große
Licht — bald. heute noch werden wir's erfahren.

Zweiter Bruder.

Das wird herrlich sein, herrlich, herrlich!

Dritter Bruder.

Und dieses Haus werden wir nicht mehr sehn? nie mehr hieher zurückkehren?

Hans Engerling.

Wie du das sagst!

Zweiter Bruder.

Fast als ob es ihm leid thäte!

Hans Engerling.

Ja! und als ob wir den Unterricht nicht alle empfangen hätten, die heiligen Sprüche, die unser Labsal waren in der Finsternis und bei so mancher Anfechtung. Wenn es da hieß: „Ich sage euch ein großes Geheimnis; wir werden nicht alle sterben, aber wir werden alle verwandelt werden“, — da konnten wir uns anfangs zwar nichts Rechtes dabei denken. Bald aber spürten wir inwendig, daß es etwas damit sein müsse; wir spürten die kommende Verwandlung in allen Gliedern, je länger es dauerte desto deutlicher. Und eines Tages waren uns „die Fittige des neuen Lebens“ — wie der Prediger neulich so schön sagte — an die Schultern geflogen, wir wußten nicht wie. Jetzt dürfen wir uns freuen, daß wir glaubten, auch als wir noch nicht begriffen.

Zweiter Bruder (enthusiastisch).

Ja! wir begriffen gar nichts, spürten aber und glaubten, und nun werden wir schauen.

Dritter Bruder.

Und geht's denn jetzt gleich hinauf?

Hans Engerling.

Nein! erst zur Landsgemeinde, die unser König ein-berufen hat. Das ganze Volk versammelt sich — wie's in einem alten Liede heißt.

Zweiter Bruder
(auf den vierten, jüngsten Bruder deutend).

Wird denn Dummerchen da auch mitgenommen?

Hans Engerling.

Du meinst, weil er doch nichts begreifen wird? Wir werden freilich unsere liebe Müh' und Not mit dem kleinen Vieh haben; aber allein zurücklassen können wir ihn nicht.

Komm' mal hervor, Dummerchen.

Dummerchen.

Da.

Hans Engerling.

Es geht auf die Reise. Dummerchen wird die Welt sehen.

Dummerchen (furchtsam, scheu sich umsehend).
Gibt's dort auch Hände?

Hans Engerling (zu den andern Brüdern).
Immer die Angst jener Stunde, die seinen Geist trübte!

Dritter Bruder.
War auch schrecklich genug. Wir duselten an jenem Abend so hin, dachten nichts, sagten nichts, wie übrigens gewöhnlich ...

Hans Engerling.
Dafür gehören wir zu den Stillen im Lande.

Dritter Bruder.
Da plötzlich — in der Wand — dem Dummerchen gerade gegenüber — mein Tag des Lebens vergeß' ich's nicht: zwei Hände, die durch die Mauer brechen ...

Zweiter Bruder.
Mein Gott! ja! der ver... hätt' ich bald was gesagt — der schwarze, pelzige Werwolf! Warum die alte Geschichte aufwärmen?

Dritter Bruder (ohne sich stören zu lassen).
Der Rüssel den Händen gleich nach, packt unsern Bruder Gottlieb, frißt ihn vor unsern Augen an und — fort mit ihm! Haben ihn nie wieder gesehen. Das Anfressen war scheußlich. Aber am scheußlichsten doch diese Hände plötzlich durch die Mauer.

Dummerchen (angstvoll) aufschreiend).

O! die Welt hat Hände!

Hans Engerling.

Nein! Beruhige dich nur. Hier unten gab's Nacht und Mühsal und Angst und Traurigkeit. Aber diese jenseitige Welt, in die wir nun eingehen sollen, hat gewiß keine Hände. Wie könnte sie sonst die selige Welt sein, die uns verheißen ward?

Versuch' mal, Dummerchen, ob du mir den Reisespruch nachbeten kannst: „Ich sage euch ein großes Geheimnis..."

Dummerchen.

Geheimnis? Darf man das?

Hans Engerling.

O! du Einfalt! Wie denn nicht? Sprich's nach: „Ich sage euch ein großes Geheimnis..."

Dummerchen.

Ich sage euch ein großes Geheimnis...

Hans Engerling.

„Wir werden nicht alle sterben, aber alle verwandelt werden."

Dummerchen.

Wir werden ... wir werden ... Geheimnis ... wir werden gewiß alle sterben. (Weint.)

Hans Engerling.

Es ist ihm zu schwer; ich muß es aufgeben. Vielleicht kommt ihm die innere Erleuchtung, wenn erst das neue Leben begonnen hat.

Wenn ihr bereit seid, so laßt uns gehn. Führt das Dummerchen. Gott segne unsern Ausgang.

Dritter Bruder (im Abgehen zurückblickend).

Eine Heimat war's bei alledem. Aber...besser ist besser! Adies! (Alle ab.)

Zweiter Auftritt.

**Unterwegs zur Landsgemeinde. Unterirdische Straßenkreuzung.
Ueberall wanderndes Volk.
Zwei Bürger im Vorübergehen.**

Erster Bürger.

Man sollt's nicht denken, Herr Grünschneider, aber es gibt kleingläubige Gesellen, die noch jetzt zweifeln, wo die Offenbarung doch so zu sagen bereits ihren Anfang genommen hat.

Zweiter Bürger.

Das sind eben Kummerkraxen, wehleidige, so lang an Verdruß und Jammer gewöhnt, daß ihnen was fehlen würd', wenn's nichts mehr zu ängstigen gäb'!

Erster Bürger.

Ist auch böser Wille dabei. Hab' mir von einem erzählen lassen, der rote Sepp heißt er, der soll ganz offen gesagt haben, der G'schicht' trau' er noch lange nicht.

Zweiter Bürger.

Welcher G'schicht'?

Erster Bürger.

Nu eben, unserm Uebergang, unserer Auferstehung.

Zweiter Bürger.

So einem sollt' man aber doch das Maul so stopfen, daß er auf ewige Zeiten vergäß', wie man's aufmacht.

Erster Bürger.

Er soll auch nicht unsres Volks sein, sich listig ins Bürgerrecht eingeschlichen haben, als man seine schlechte Art noch nicht erkannt hatte.

Zweiter Bürger.

Wo ist er denn her?

Erster Bürger.

Ach! da ... viel weiter östlich.

Zweiter Bürger.

Ja! dort soll's mehr solche fatale Bursche haben, denen alles nichts ist. Aber reden wir nicht davon. Man ärgert sich unnötig und schadet sich an der Ge- sundheit. **(Gehen vorüber.)**

Hans Engerling und Brüder kommen und begegnen
einer andern Bauernfamilie.

Hans Engerling.

Ihr geht auch zur Landsgemeinde?

Bauer Hinterstoißer.

Eben dahin. Wohin auch sonst? Aus allen Gehöften
strömt das Volk. „Es ist eine Freude zu leben!" sagte
heute einer, der an uns vorbeikam.

Hans Engerling.

Einverstanden! — Ihr seid euer viel, ein ganzer Zug.
Wer ist der Große, Dicke da in eurer Mitte?

Hinterstoißer.

Den schaut mit Respekt an! Das ist der alte Hubeland. Der war früher schon einmal auf der Erde und
ist wie durch ein Wunder zu uns zurückgekehrt.

Hans Engerling.

Was! was! — Habt ihr's gehört, Brüder? Einer,
der schon oben war! Das ist ja — ich weiß gar nicht,
was ich dazu sagen soll. Also ein lebendiger, greifbarer
Beweis, daß alles wahr ist, was man uns gelehrt hat.
Herrgott! wie mir das ans Herz greift. Das ist mehr
als zehn Betstunden.

(zu dem Alten)

Ehrwürdiger Vater, ich grüße euch.

Hinterstoißer.

Er hört euch nicht. Er ist arg schwerhörig. Man muß sehr laut mit ihm reden. Aber er ist ein gemütlicher Mann.

Hans Engerling.

Doch humpelt er so. Es fehlt ihm ein Bein...?

Hinterstoißer.

Ja, er muß es mit fünfen machen.

Hans Engerling.

Wie ist er ums sechste gekommen? Ich möchte doch gar zu gern mit ihm reden.

Hinterstoißer.

Das gibt sich vielleicht später. Jetzt müssen wir uns tummeln, wenn wir einen guten Platz erobern wollen.

Hans Engerling.

Das ist wahr. Vorwärts also!... Aber — wie wunderbar! wie wunderbar! Ich hab' nie gezweifelt und jetzt muß ich doch staunen, daß einer schon oben gewesen ist. — Wenn ihr's erlaubt, bleiben wir beisammen.

(Alle gehen weiter.)

Dritter Auftritt.

Versammlungsort der Landsgemeinde. Große uuterlrdische Mulde.
Volk, schon im Rund aufgestellt und noch von allen Seiten
zuströmend. Freudige Bewegung, wechselseitige
Begrüßung von Bekannten.
Reps und Kleps, zwei Gigerln, begegnen sich im
Vordergrund.

———

Reps.

Ich grüße Sie.

Kleps.

„Fröhliches Jenseits" ist die Parole.

Reps.

Wird großartig werden.

Kleps.

Ja! is' diesmal schwer, sich nicht imponieren zu lassen.

Reps (vertraulich).

Et ... il y aura du sexe!

Kleps.

Das heißt, erst, wenn wir schon ein Weilchen
droben sind.

Reps.

Wirklich, seltsame Einrichtung dieses vorerst singu-
läre Ausschwärmen der Männlichkeit, die Damen erst
später.

Kleps.

Müssen uns eben erst umsehen, Terrain rekognos-
zieren, uns auch ein bissel 'rausfüttern. *Vive l'amour
après le souper!*

**Hans Engerling und Brüder, Hinterstoißer und Anhang
drängen sich an den beiden vorbei.**

Reps (zu Kleps).

Kommen Sie, Herr Bruder. Treten wir abseits.
Können ungenierter sprechen. Pöbelvolk ist natürlich
ganz gerührt und verliert Haltung.

Kleps.

Verliert? Hat nie besessen!

(Verziehen sich in den Hintergrund.)

Ein Herold (im Hintergrund).

Gebt Raum der Majestät!

Volk (in Bewegung).

Der König! der König!

**Der König, von seinem Hofstaat umgeben, erscheint
mit großem Gefolge.**

König (zu seiner Umgebung).

Der Augenblick verlangt an unser Volk
Ein tief eindringlich Wort. Ein solcher Anlaß
Ist da, Religion und Zucht und Sitte
Zu fest'gen neu.

(zum Hofprediger)
Sie halten den Sermon
Wohl in Bereitschaft?

Hofprediger.
Majestät zu dienen
Obwohl...

König,
Was stocken Sie?

Hofprediger.
Ich meinte nur,
Da Majestät selbst so unendlich reich
Vielseitig vor uns allen sind begabt,
Wie unvergleichlich überwältigend
Der Eindruck wäre, wenn... wenn Majestät
Geruhen wollten, selbst durch ihre Rede
Zu weihen den Moment, in dem sich gipfelt
Das Dasein unsres Volks.

König.
Hm! Meinen Sie?

Hofprediger.
Das ist so mein Gefühl und alle teilen's.

Hofstaat (sich verneigend).
Wir alle, Majestät, wir alle bitten.

König.

Wohlan! Uns selbst hat so was vorgeschwebt.
Sei's. Gebt dem Volk das Zeichen, daß Wir sprechen.

Herold.

Es schweige jedermann. Die Majestät
Geruht zum Volk zu sprechen. Hört in Ehrfurcht!

(Bewegung im Volke. Dann feierliche Stille.)

König.

Erlauchte Fürsten in der Runde!
Und ihr dort, meine Völker, Mann für Mann!
Im Uebermaß des Glückes dieser Stunde
Hebt eure Herzen himmelan.

Es ist der Augenblick erschienen,
Der frommes Ahnen herrlich uns erfüllt.
Den Gläub'gen wird, was sie verdienen:
Auf thut sich eine Welt, bisher verhüllt;
Die Welt, von der die alten Seher sangen,
Daß sie von goldnem Lichtglanz überfließt,
Daß dort ein Taggestirn sein Feuerprangen,
Ein blauer Strahlenkelch sich nachts ergießt.

(Große Bewegung im Volke. Die Hofherren murmeln:
„Wundervoll gesagt! wundervoll!")

König (fortfahrend).

Und unserm Volk zur Lust ist ausgebreitet
Ein saftgeschwelltes grünes Blättermeer,
In das mit frohen Hymnen schreitet,
Von Mir geführt, Mein wohlgerüstet Heer.

Auf hohen Säulen sieht ein Dach man ragen,
Das man den Wald der Sel'gen nennt;
In stolzem Fluge wird dorthin uns tragen
Des Aethers wunderbares Element.

Das Kriechen bleicher Larven ist vorbei.
Fühlt ihr der neuen Glieder nahe Regung?
O! Volk der Kerfe, das sich nach dem Mai,
Dem Wonnemonat nennt, — wenn die Bewegung
Der Flügel, die uns in den Himmel heben,
Zum erstenmal uns trägt in all den Glanz, —
Mein Volk! mein Volk! welch wonnevolles Leben
Beginnt alsdann! welch wundersel'ger Tanz!

(Viele in der Menge weinen vor Erregung.)

König (fortfahrend).

Und mehr noch: wir, ein Volk von Männern nur,
Weil unsre künft'gen Bräute jetzt noch schlafen, ...

(Kleps und Reps stoßen einander an und zwinkern sich zu.)

König (fortfahrend).

Wir finden bald auf jener grünen Flur
Sie, die wir in der Tiefe nirgends trafen.
Mit einem Male sind die Holden da,
Um sich mit uns in Liebe zu verbinden.
Die süße Wonne wird kein Ende finden.

(hält, von der Vorstellung selbst übermannt, einen Augenblick
inne, dann fortfahrend)

Und dieses Glück ist greifbar nah.

Um aber, würdig solcher Seligkeiten,
Zu treten in das wunderbare Reich,
Stimmt an mit mir das Lied: „Der du vor Zeiten
Die Väter schon beglückt..."

Volk (singt den Choral).

Der du vor Zeiten
Die Völker schon beglückt in deinem Reich,
    Woll' ihnen gleich
Auch uns zu jenen Wonnen sanft geleiten,
    Daß wir genießen dankbar all das Gute,
    Das deinem Volke du gespart
    Und unserm Glaubensmute
Durch frommer Seher Mund geoffenbart.

(Nach Beendigung des Chorals tiefe Stille allgemeiner
Rührung.)

Plötzliche Stimme aus dem Hintergrund.

Is' es denn aber auch richtig mit dem Jenseits?

(Einen Augenblick betroffenes Schweigen, dann Wutausbruch
des ganzen Volkes.)

König.

Na nu? Was war das?

Hofprediger.

Eine ganz ungeheuerliche Blasphemie!

König.

Möcht' ich mir doch genauer besehn.

(zu seinem Adjutanten)

Von der Kron, den Kerl langen Sie mir heraus!

Flügel-Adjutant von der Kron

(geht nach dem Hintergrund und kehrt alsbald zurück).

Melde gehorsamst, Majestät, daß Individuum schon gefaßt ist. Bauernfäuste, Majestät. Ja, unser wackeres Volk, das wacht noch über seine höchsten Güter.

(Hans Engerling schleppt das Individuum herbei.)

König.

Wie mager der Kerl ist! Schlechte Rasse, keine Muskeln.

Kleps (zu Reps).

Ramponiertes Exemplar, aber eigentlich vornehm in seiner Kränklichkeit.

Reps.

Distinguiert, zugegeben. Doch bemerken Sie die schlecht frisierten Fühler.

Kleps.

Denkfühler, Herr Kamerad! genial unordentliche Denkfühler!

König (zu Hans Engerling).

Zuerst zu dir, mein wackrer Bursch. Dein Name?

Hans Engerling.

Hans Engerling.

König.

In Zukunft Hans von Maikerf,
Mit Erblichkeit des Titels. Dies zum Merkmal
Der Stunde, da der Bauer kräftig zugriff
Gleich einem Edelmanne.

(zum Individuum)

Nun gib du
Bescheid mir, kläglicher Gesell, wer bist du?

Das Individuum.

Der rote Sepp bin ich genannt.

(Murmeln in der Menge: „Der rote Sepp! der rote Sepp!“)

Der rote Sepp (fortfahrend).

Hab' mir die Zunge, scheint's, verbrannt?
Verzeiht, ich kann das Herz im Sack nicht tragen.
Was ich empfinde, muß ich sagen.
Ein langes Leben doch zu kurz mir scheint,
Sich anders je zu geben, als man's meint.

Hofprediger (halblaut zum König).

Gewäsch! Gesinnungsphrasenblech!
Das nennt sich frei und ist nur frech.

König.

Du rühmst, daß Wahrheitsdrang dich reden heißt?
Und läugnest, was wir alle doch erleben?
    Sah jemals man den Lügengeist
    Vermessener sein Haupt erheben?

Der rote Sepp.

So strengen Tadel, Herr, verdien' ich nicht.

Stimme aus dem Volk (1. Bürger).

Er ist ein landesfremder, frecher Wicht!

Der rote Sepp (in die Menge hinein).

Ich weiß, was ich der kühlern Heimat danke!
Dies: kühler Ueberlegung nur zu traun.
Der Zweifel ist des Glaubens weise Schranke,
Und was man weiß, darauf nur soll man baun.

Hofprediger.

O! Majestät! o! welche frevlen Reden!
Wagt Blasphemie sich bis ans Thor von Eden?

König (zum Hofprediger).

Was hülf's, wenn seinen Kopf wir ließen fliegen?
Ich will ihn philosophisch unterkriegen.
    (zum roten Sepp)
Armsel'ger Zweifler! Du traust nur den Sinnen,
Wie deine Rede zeigt. Doch — hast du nur
Die äußern Sinne? Fühlst du nicht da drinnen
Des neuen Werdedranges Sinnenspur?

Und selbst den äußern Sinnen ward ein Zeichen.
Beschämt dich nicht, was dir auch wuchs im Grabe:
Des neuen Lebens Pfand, der Flügel Wundergabe?
Da müssen doch die letzten Zweifel weichen.

Der rote Sepp.

Das Jenseits leugn' ich nicht, und niemals sagt' ich,
Daß wir nicht auf die Oberfläche gehn.
Nur diesen Jubel zu belächeln wagt' ich.
Was wissen wir, was dort uns wird geschehn?
Auch mir ist's unbekannt; doch darf ich schließen,
Es werde schwerlich eitel Wonne sein.
Wenn hier uns tausend Dinge schon verdrießen,
Läuft wohl auch dort nicht alles glatt und rein.

Hier unten — euch ein Beispiel nur zu geben —
Hat ein gefräß'ges schwarzes Werwolftier,
Das nach uns gräbt, verbittert unser Leben;
Der nackten fleisch'gen Hände hat es vier ...

Dummerchens Stimme aus der Menge.

Hände! Hände!

Der rote Sepp (fortfahrend).

Mit denen wühlt's, baut Gänge zu den Kammern,
In denen unser Volk beschaulich ruht.
Sein Rüssel weckt uns schrecklich, seine Klammern
Ergreifen uns und unsre junge Brut.

Nun weist ihr, Herr, uns freilich auf die Flügel,
Die uns im schönen Jenseits tragen werden.
•Doch ist vielleicht geflügelt dann auf Erden
Auch unser Feind, dies Wühltier, dessen Hügel
— Sagt man — weithin den Acker dort bedecken.
Und wenn auch er vielleicht nicht fliegen kann,
So werden andre Flügler Tod und Schrecken
In unsre Reihen tragen wohl alsdann.

Aufs Unbekannte, scheint mir, schließt man klüglich,
Wenn das Bekannte man zu Grunde legt.
War hier das Leben keineswegs vorzüglich,
Ist's wohl auch dort mit Dornen eingehegt.
So würd' ich denn die jubelnden Fanfaren
Und auch den Psalm, den schönen Dankchoral,
An eurer Statt noch ein'ge Zeit versparen.
Mein Fehler war, daß dies ich laut empfahl.

König.

Bist du zu Ende? — Schön. Doch fehl getroffen
Hat deine spitze Kunst. Und mußt' es auch.
Du sprachst, als trieb' uns Furcht empor, statt Hoffen.
Was uns beseelt, das ist der Gottheit Hauch,
Und würde nimmermehr die Brust uns schwellen
Mit Zuversicht nach jenem schönen Land,
Wenn diese Hoffnung müßte jäh zerschellen.
Der Glaube selbst ist unsres Glückes Pfand.

Und ruchlos, wer nicht glaubt, wem nicht die Seele
Im sanften Feuer des Vertrauens glüht.
Wie ist voll Danks und Freude mein Gemüt!
Wir folgen einem heiligen Befehle,
Dem Weckeruf, der nach der langen Nacht
Uns die Verheißung gab von lichten Tagen.
Zu Lust sind wir und nicht zu Leid erwacht! —
Und jetzt, du armer Wicht, was kannst du sagen?

Der rote Sepp.

Nur Eines, Herr! Doch scheint es hier zu passen,
Und wenn ich's sage, sag' ich's nicht aus Hohn:
Es hat noch nie sich einer blicken lassen,
Der, wie's auf Erden aussieht, wüßte schon.
Wer sagt, ob alle, die hinaufgelangen,
Nicht elend sterben dort nach kurzer Frist?
Warum kommt denn kein einziger gegangen
Und meldet, wie's so schön dort oben ist?

König.

Da hab' ich dich, du superkluger Thor,
Der nicht begreift, warum nicht wiederkehren,
Die glücklich wohnen dort in höhern Sphären!
Wer einmal drang zum heil'gen Licht empor,
Der wird in Nacht und Graus nicht niedersteigen;
Ihm taugt des Himmels reine Luft allein.
Du konntest durch kein besseres Beispiel zeigen,
Daß dort wir alle werden glücklich sein.

Ausbrechender Jubel des Volkes:
Wir werden glücklich, alle glücklich sein!

Flügel-Adjutant von der Kron.
Ein donnerndes dreimaliges Hoch Seiner Majestät,
unserm allergnädigsten und allerweisesten König!

Alles Volk.
Hoch! hoch! hoch!

Hans von Maikerf (vormals Hans Engerling).
Darf ich was sagen?

König.
Wenn's zur Sache gehört, warum nicht?

Hans von Maikerf.
Ja schon. Eigentlich müßt' es zwar der Hinterstoißer thun. Das ist nämlich, wenn Majestät zu er-
lauben geruhn, ein Bauer, mit dem ich auf dem Wege
zur Landsgemeinde zusammengetroffen bin.

König.
Kürzer, lieber Mann!

Hans von Maikerf.
Also, kurz: der Hinterstoißer hat so einen, wie's
gar nicht gibt.

König.
Was soll das heißen?

Hans von Maikerf.

Einen, der schon einmal droben gewesen ist.

König (betroffen).

Und zurückkehrte? — Nicht möglich!

Hans von Maikerf.

Der Hinterstoißer sagt's. Und ich hab' ihn selber gesehn. Hubeland heißt er. Dort hinten steht er neben meinen Brüdern.

König (zu seiner Umgebung).

Höchst seltsam. — Der Mann soll kommen.

Hans von Maikerf.

Ich hol' ihn mit Verlaub. Er hat nicht just das beste Gangwerk.

König (zum Hofprediger).

Was sagen Sie dazu?

Hofprediger.

Es soll doch schon ähnliches vorgekommen sein, Majestät! Speziell bei Individuen, welche droben in der Lichtwelt ehelos geblieben sind, was unter Umständen eine Art Palingenesie zur Folge hatte.

Von der Kron.

Vielleicht daß Herr Medizinalrat v. Zangen hierüber genauere Auskunft geben könnte.

König.

Ein andermal. Da ist der Mann.

(**Hinterstoißer** und **Hans von Maikerf** haben den
alten **Hubeland** vor den **König** gebracht.)

König (den Alten betrachtend, für sich).

Es greift mich seltsam an.

(zu Hubeland)

Sprich! Ist es Wahrheit,
Mein Vater, daß auf Erden du gelebt,
Daß du geschaut der Himmelslichter Klarheit,
Den Hauch gespürt, der unsre Flügel hebt?

Hubeland (schweigt).

König.

Was spricht er nicht?

Hans von Maikerf.

Er ist halt mit Verlaub —
Der Hinterstoißer sagt's — bedeutend taub.

König (sehr laut).

Ich bin der König. Kannst du mich verstehn?

Hubeland (nickt).

König (ebenso).

Hast du den Himmel wirklich schon gesehn?

Hubeland (nickt).

König.

So sprich, wie war es in den lichten Höhn?

Hubeland (mit kindischem Lachen).

Es war — hähä — es war — sehr schön.

König
(gewahrend, daß der rote Sepp eine höhnische Grimasse
macht, zu ihm).

Du spare deinen Blick, den bösen!
Dies eine Wort schon könnte lösen
Des Zweifels Bann. Wer einmal schon genoß,
Ob auch als schlichter Mann nur so im Troß,
Das Leben jener Welt und schön es fand,
Zeigt, daß uns Wahngebilde nicht bethören.

(zum Alten, sehr laut)

Gut denn, mein wackrer Hubeland!
Besinne dich und lass' uns mehr noch hören.
Beschreib' uns, wie es war.

Hubeland.

Hähä! Famos!
Und alleweil was Neues los.

König (nervös).

Zum Beispiel!...

Hubeland.

Ain ganz exquisites Essen,
Nichts Abgestandnes wie auf Hinterstoißers Tisch.

Nain! immer alles grün im Saft und frisch.
Die ganze Welt schön, schön, — hähä — zum fressen.

König (zu seiner Umgebung).

Der Biedergreis scheint mir ein alter Schlauch,
Dem Mästung einz'ges Lebensideal.

Von der Kron.

Gemeines Volk denkt nur an seinen Bauch.

König.

Da bleibt Uns leider keine Wahl,
Als mit bestimmt begrenzten Fragen
Die Wahrheit klug aus ihm herauszuziehn.
(sehr laut)
Paß auf! Du sollst mir sagen,
Ob dort ein Licht, ein großes, goldnes schien.

Hubeland.

Ain Licht? Ja wöll! Ain goldnes Licht war da.
Wenn wir uns vollgegessen alle Därme,
Auf Bauch und Rücken goß es holde Wärme,
Gar wonnig uns von ihm geschah.

König (zu seiner Umgebung).

Hört ihr's? Das Taggestirn ist keine Lüge.
(zu Hubeland)
Gib weiter acht! — Hast du die Abendflüge,

Das Schwärmen auch, den Reigen mitgemacht,
Den Schwebetanz, der Schwingen sel'ges Breiten,
Des Wonnemonds verschwiegne Seligkeiten,
Der Lieder Summen in der lauen Nacht?

Hubeland.
Hähä!

König.
Er faßt mich nicht. Ich frug zu schwer.
(sehr laut)
Flogst du auch fleißig in die Kreuz und Quer'?

Hubeland.
Ei ja! Wie sollt' ich nicht geflochen sein?
Bin ohnehin ain Hinkebain.

König (betroffen).
Fürwahr! Wo hast das sechste du gelassen?

Hubeland.
Ain Schnabel kriegt' es in der Luft zu fassen.

Der rote Sepp.
Hem!

König (zornig).
Ich verbitte mir ein jedes Hem!
(zu Hubeland)
Wie ging das zu?

Hubeland.
He! nu! so ain Geklemm'
Und weg war's, hui!

3

König (zum Hofprediger).

Was sagen Sie dazu?

Hofprediger.

Mir scheint, o Majestät, da doch im Nu
Uns selbst das Jenseits sich wird offenbaren,
So ließe besser man den Mann in Ruh',
Von dem wir trübe Spieglung nur erfahren.

König (nachdenklich).

Und dennoch wär's...

(Ein Geschrei im Hintergrunde unterbricht ihn;
er sieht fragend hin.)

Flügel-Adjutant von der Kron.

Botschaft der Pioniere!
Zwei Mann mit einem Offiziere.

Offizier (auf den König zueilend, atemlos).

Heil, Majestät! Der Stollen durchgeschlagen!
Ein Schwall von Luft dringt ein und blauer Glanz.
Zum Himmel ferne Riesenberge ragen,
Und über ihnen kleiner Lichter Tanz.

König.

Gelobt sei Gott! — Nun ist's erreicht! — So freue
Mein Volk dich! Jauchze!

(zum roten Sepp)

Du selbst, Mann der Schuld,
Verschließe jetzt dein Herz nicht edler Reue. —
In dieser Stund' erfüllter Himmelshuld

Kanu ich dich nicht bestrafen, wie ich sollte.
So mag denn dieses deine Buße sein,
Daß du mit uns erlebst Tag aus Tag ein
Das Glück, das uns dein Mund begeifern wollte.

(Ein schwacher bläulicher Lichtschimmer verbreitet sich über
der Versammlung und atmosphärische Luft dringt ein.
Mächtige Bewegung des Entzückens geht durch die Massen.)

König.

Unsagbar ist, was wir erleben.

Sylvan, lyrischer Dichter
(sich vordrängend, in Ekstase).

Mir ist zu sagen es gegeben.

(feierlich)

Gegrüßt, du erstes leises Wehen
    Von Erdenluft!
Des offnen Himmels sanfte Boten gehen
    Zur Schattengruft.
Sie sind hereingetreten, ungesehen,
    In unsre Kluft
Und locken uns zu freud'gem Auferstehen
    Mit süßem Duft.

Gegrüßt auch, wundersames Blinken,
    Du ferner Schein!...

Reps (aus der Mitte der Versammlung).

Assez! assez!

Kleps.

Keine lyrischen Gefühle mehr! Realitäten!

Viele Stimmen.

Ja! ja! hinauf wollen wir! hinauf!

Reps.

La vie sans phrase!

Dichter Sylvan (indigniert).

Profane Plebs! (Verzieht sich.)

(Auf ein Zeichen des Königs hat der Herold Silentium geboten. Die Ruhe wird mit Mühe hergestellt.)

König.

Was soll das heidnisch wilde Toben?
Nur Ordnung führt zum Ziel und führt nach oben.
Wohlan! Gott will es! Das sei unser Ruf.
Die heil'ge Lebensmacht, die alles schuf,
Schenkt uns der Erde grünes Paradies,
Führt uns ins Licht aus nächtlichem Verlies.
Auf! Folget mir die steile Bahn.
Das neue Leben ist uns aufgethan.

(Gibt das Zeichen zum allgemeinen Aufbruch.)

Unter Anführung des Königs und seiner Fürsten und mit dem Rufe: „Gott will es!" der sich durch die ganze Versammlung fortpflanzt, setzt sich alles Volk in Bewegung nach oben; der rote Sepp, Hubeland, Hinterstoißer u. s. w. werden von der allgemeinen Bewegung mitgerissen.

Hans von Maikerf

(der sich zu seinen Brüdern gefunden hat und darüber ins
Hintertreffen gelangt ist, zu Dummerchen).

Ruf' auch: „Gott will es!" kleines Dummerchen.

Dummerchen.

Kann nicht.

Hans von Maikerf.

Ei freilich kannst du, mußt es können.
„Gott will es!" Hörst du? Rufe so: „Gott will es!"

Dummerchen (kläglich).

Ach Gott! Gott will es und das Dummerchen muß.

(Alle ab.)

Prolog zur zweiten Handlung.

Aus Nacht und Morgen ward der erste Tag.
Das Volk der Dunkelheit freut sich im Lichte.
In Eichwaldkronen und im Buchenhag
Verbreitet sich's, hat seltsame Gesichte,
Die dumpfer Sinn zu deuten nicht vermag.
Die ersten Stunden seiner Weltgeschichte
Sind ausgefüllt mit wonnigem Erfassen
Des neuen Rechts, im Maiengrün zu prassen.

Als seiner Höhlenstadt es froh entstieg,
War westwärts tief der stille Mond geschwommen.
Noch schlief die Welt und alles Leben schwieg.
Dann aber war das Frührot zart entglommen,

Und endlich blitzten goldne Strahlen: Sieg!
Der Augenblick, der hehre, war gekommen,
Wo Purpur färbt das Angesicht, das bleiche,
Der schlaferstarrten schönen Erdenleiche.

Als Braut, als glühende, erwacht die Tote.
Das Blut des Tages wallt in ihren Wangen.
Denn jenes Feuer, das im Osten lohte,
Hat plötzlich rings den Himmelsrand umfangen.
Ein Alpengipfel war der erste Bote
Des Flammenmeers. Bald alle Höhen prangen
Und Wald und Flur und Strom im ros'gen Schein,
Der prunkvoll will des Lebens Festsaal weihn.

Stolz auf des Schreckhorns eisgekrönter Spitze
Ein goldner Ritter steht, die Ferne blendend
Mit diamantnem Schild, und Strahlenblitze
Des blanken Riesenschwertes weit versendend.
Doch zum Triumph nur, nicht in Kampfeshitze
Schwingt er die Waffen, lichte Freude spendend.
Der Lebensquell der Wärme strömt ins All
Und segnend höher schwebt der Sonnenball.

Dies alles schaut die grabentstiegne Schar.
Und mit dem Tag wächst Leben, Schall, Bewegung:
Ein Jubilieren in den Lüften klar,
Im Blättermeer des Morgenwindes Regung.

Jetzt summend Glockenläuten wunderbar
Vom nächsten Dorf, und hinter der Umhegung
Des Waldes eines Bahnzugs Donnerrollen,
Und Wolken, die dem Ungetüm entquollen.

Die Aecker dampfen auch, wo vor dem Pflug
Die schwarzen schweren Rosse paarweis schreiten.
Die Egge schleppt langsamer Rinder Zug.
So weit die Wiesen sich, die grünen, breiten,
Beginnt des Menschen Arbeit, früh genug.
Und dieses Bild — in ungemess'nen Weiten
Zeigt's als dasselbe sich, doch mannigfach. —
Die Welt, die wunderbare Welt ist wach!

Sie, die zum erstenmal dies alles schauen,
Wie werden sie, die kleinen, es verstehn?
Hervorgelockt von gläubigem Vertrauen,
Umspielt von sanfter Maienlüfte Wehn,
Zu Füßen die beblümten grünen Auen,
Die sie vorahnend, wie im Traum gesehn,
Jetzt wirklich schaun, — wie werden sie's ertragen?
Folgt mir! So werden sie es selbst euch sagen.

Zweite Handlung.

Erster Auftritt.

Im Eichbaumwipfel am Waldessaum. Kabinetsrat des Königs.
Der König, der Kanzler, die Minister, der Hofprediger,
Flügel-Adjutant von der Kron.

———

König.

Vom neuen Thron, auf den mit sicherm Flug
Erstmals erprobter Schwingen Kraft uns trug,
Begrüß' ich euch! — Schön ist's in Gottes Landen.
Ihr seht: wer glaubt, wird nicht zu Schanden.
Wir sahn die Welt zuerst im Silberblinken
Des blauen Lichtes, das sich sanft ergoß.
Dann flammten feurig auf die weißen Zinken
Des fernen Walls. Jetzt steht ein goldnes Schloß

— Wohl Gottes Burg — in klarer, blauer Luft.
Um uns ist Leben, Leuchten, Farbe, Duft.

Auch haben wir geprüft die Nektarsäfte,
Der königlichen Bäume Himmelskost.
Der Gaumen schwoll von süßem Frühlingsmost,
Und durch die Glieder rinnen neue Kräfte.
Aus ihnen stammt der kecke Wagemut,
Daß auch, wer furchtsam sonst, die Schwingen spannte
Ins Element hinaus, ins unbekannte.
Es hielt uns Wort. — Und so ist alles gut.

(Hält einen Augenblick inne.)

Wenn dennoch ich euch herbefahl,
Auch hier im Land der Sel'gen zu beraten,
Wie wir es sonst im Dunkel thaten,
Geschah's, weil in dem großen Himmelssaal
Verwirrend dringen auf uns ein Gestalten,
Erscheinungen, die wir in unsrer Nacht
Niemals geträumt. Da ziemt sich, mit Bedacht
Zu forschen, was von ihnen sei zu halten,
Vor allem: bald zu lehren unsre Leute,
Was jedes Ding in Gottes Stadt bedeute.

Und denkt nicht, daß ich solchen Forschens Zwang
Als Störung unsrer Seligkeit empfinde.
Auch dies ist mir ein Himmelsangebinde.
Der Herrscherpflicht, dem Herrschensdrang —

Wie könnt' ich ihnen noch genügen,
Wär' alles hier auf Einfachheit gestellt,
Nur eine grüne Weide diese Welt,
Erkennbar leicht aus wen'gen großen Zügen?

Wahr ist's: wir dachten nicht so viel zu finden,
Was seltsam dünkt dem ersten Augenschein.
Es gilt, sich durch ein Labyrinth zu winden.
Wohlan! Das werden Königssorgen sein!
Und Königssorgen sind auch Königsehren. —
Um unsres Königtumes Glanz zu mehren,
Umgab die Gottheit uns mit Rätseldingen.

So helft auch ihr, die Lösung zu vollbringen.
Wer nimmt das Wort?

Kanzler.

Wenn Majestät gestatten,
Votier' im Namen der Ministerbank
Ich Euer Majestät den tiefgefühlten Dank
Für jedes Wort, das Majestät die Güte hatten
Zu sprechen. Denn, wie immer, traf's den Nerv
Von dem, was heut' empfindet jeder Kerf.

(mit Pathos einsetzend)

Verhüllte Wunder uns umgeben ...

König (etwas nervös).

Gut! gut! Zur Sache! — Wie die Hülle heben?

4

Kanzler (sich sammelnd).

Ich schlage fliegende Kolonnen vor,
Die wir nach allen Seiten senden
Ins weite Land, zum Lichtquell hoch empor,
Kurzum·: zu allen Dingen aller Enden.
Die sollen fleißig spähn, schnell fassend lernen,
Und was ein Jeglicher dabei erfuhr,
Bringt er zu uns zurück aus weiten Fernen.

(nachdrücklich)

Die Welt ergründen wir durch Forschung nur.

König (da der Kanzler geschlossen hat).

Wer sagt uns Weitres?

Kultusminister.

Völlig einverstanden
Mit des verehrlichen Vorredners Wort,
Spinn' ich in seinem Sinn, zu unsern Handen
Nur den Gedanken etwas weiter fort.
Die Forschungen, die solche Mühe kosten,
Verlangen auch, daß ein zentraler Posten
Sie nimmt entgegen, wo ein Denkgenie
Sie ins System der Staatsphilosophie
Sofort zu festen Formen gießt.
Mein Antrag: Der Ministerrat beschließt
Errichtung einer neuen Professur
Für Staatsdogmatik der Natur.

Kanzler.

So meint' ich's auch.

König.

Gut. — Niemand spricht dagegen?

Hofprediger.

Nur Eins noch, Majestät! — Der wahre Segen
Des Himmels wird auf diesem Werke ruhn,
Wenn wir zugleich auch Schritte thun,
Durch Katechismen, die dem Volk bequem,
In religiöser Weise das System
Der Staatsphilosophie zu popularisieren.

König.

Sehr gut! — Nur aus den Augen nie verlieren
Den höchsten Zweck: dem Volk die Religion!

(sich besinnend)

Da fällt mir ein... Wo blieb der Sündensohn,
Der rote Sepp? — Sie frag' ich, von der Kron!

Flügeladjutant von der Kron (verlegen).

Da Majestät zuletzt so gnädig waren....

König.

So ließen Sie ihn laufen? Unerhört!
Man mußt' ihn doch in sichrer Haft bewahren.
Wer mit Kritik des Volkes Frieden stört,
Bleibt unter Kuratel des Staates stehn.
Wie konnte solcher Leichtsinn nur geschehn?

Von der Kron.
Es war ein unbeschreibliches Gedränge,
Ringsum die maienluftberauschte Menge,
Der Uebergang zum Licht aus Dunkelheit.
Auf einmal war er fort...

Der rote Sepp
(unsichtbar, aus der Höhe des Eichbaumes).

Ich bin nicht weit.

Hofprediger.
Ha! seine freche Stimme! —

Der rote Sepp.

Ja! ich bin's.
Hier oben sitz' ich wohlgemuten Sinns,
Auf einem Zweiglein schwingend, dünn und schwach.
Von euch, ihr Herren, würd' es keinen tragen.
Ihr speistet kräftig; mir ist's leicht im Magen.
Die Mäßigkeit bekommt mir, hält mich schlank.
Drum bildet euch nicht ein, mich zu verhaften.
Auch braucht's hier weiter keine Leidenschaften
Herr König! — Denn, daß du's nur weißt, —
Ich liebe dich. Du bist ein Feuergeist,
Der jetzt zwar noch als Altarsflamme brennt,
Doch gibt sich das demnächst...

König (in sich hinein knirschend).

Impertinent!

Der rote Sepp (wird sichtbar).

Und wenn ich jetzt ein bischen mich verziehe,
So denke nicht, daß ich dir ganz entfliehe.
Denn, König, du bist mir interessant.
In deine Nähe hält mich fest gebannt
Neugier, wie lange wohl dein gutes Herz
Zum besten deutet diesen schlechten Scherz
Der Gottheit, dies gefälschte Paradies,
Das sich bereits dir so suspekt erwies,
Daß du von „Rätseln" sprichst, von „Königssorgen"
Und einen Späherdienst organisierst.
Auch ohne daß mit Dank du mir's quittierst,
Will ich hiezu dir meine Kräfte borgen.
Adies! wünsch' allerseits 'en guten Morgen!

(Fliegt weg.)

(Einen Augenblick sprachlose Indignation aller. Adjutant von der
Kron pumpt sich Luft ein, um sofort flugbereit zu sein.)

König (nachdem er sich etwas gefaßt).

Ein frevelhafter Kerl! — Doch ein Talent.
Wie schade, wenn die Kraft zu scharfem Denken
In Trotz sich und Verneinung so verrennt!
Man fang' ihn ein!

(Adjutant von der Kron fliegt fort.)

Hofprediger.

Um ihn sogleich zu henken?

König.

Nein! Um sein Herz zum Glauben hinzulenken.
Gelingt's, so geb' ich ihm die Professur
Für Staatsdogmatik der Natur.
Folgt mir, ihr Herrn, ins Grün der Buchen,
Wo unser Volk sich brav ins Zeug gelegt.
Es gilt, die rechten Boten auszusuchen.

(mehr für sich)

Der kleine Vorfall hat mich ganz erregt.

(Ab mit allen.)

Zweiter Auftritt.

Eine Weißdornhecke zwischen Waldesrand und einem Ackerfelde.
Hans von Maikerf mit seinen Brüdern, Hinterstoißer
und der alte Hubeland sitzen gemütlich beisammen.
Erster und zweiter Bürger kommen langsam im Gespräch
daher.

Erster Bürger.

Was ihr nicht sagt, Nachbar Grünschneider! Ein
Raubanfall auf euch?

Zweiter Bürger.

Ja! ich bin noch ganz außer Atem.

Erster Bürger.

Na, faßt euch. Was war denn?

Zweiter Bürger (erbost).

So ein frecher Satan!

Erster Bürger.

Wer denn?

Zweiter Bürger.

Der Grüngoldne.

Erster Bürger.

Ein Grüngoldner?

Zweiter Bürger.

Sag's ja. Ein Kerf, wenn ihr wollt wie wir, aber von einer andern Rasse, schlank, schnell, läuft wie ein Luder.

Erster Bürger.

Ein Luder läuft gar nicht, ein Luder liegt.

Zweiter Bürger.

Na, kurzum. Der rennt mich an, wie ich da unten ruhig im Moos spazieren geh, rennt mich an, sag' ich...

Erster Bürger.

Rennt euch an, sagt ihr...

Zweiter Bürger.

Ja, und wirft mich um, daß ich auf den Rücken zu liegen komm'.

Erster Bürger.

Das ist freilich unsre Pest! Und wie ihr da lagt?...

Zweiter Bürger.

Da zerrt der Vagabund an mir herum, will mich zwischenhinein würgen, zerrt dann wieder, versucht mich wegzuschleppen —

Erster Bürger.

Das ist stark.

Zweiter Bürger.

Ja! aber er war doch nicht stark genug; ich war ihm zu schwer.

Erster Bürger.

Das ist unser Glück. Wir sind schwere Leute, wir haben ein Beharrungsvermögen. Essen gut, schlafen gut, machen uns keine unnützen Gedanken. Dabei setzt man was an. Das gibt Statur. Na — da ließ also der Kerl von euch ab?

Zweiter Bürger.

Für den Augenblick schon, lief aber nur weg, einen Kameraden zu holen.

Erster Bürger.

Zwei Grüngoldene!

Zweiter Bürger.

Zwei! — Merkte zum Glück, was er im Sinne hatte. Krabbelte und rackelte mich also furchtbar ab, um auf die Beine zu kommen. Mit Ach und Krach gelangs.

War auch höchste Zeit. Denn wie ich eben aufflieg',
kommen die zwei grüngoldnen Laufpeter daher gerannt,
sah noch, wie sie mich überall suchten, die lausigen
Patrone. Machte natürlich, daß ich fortkam.

Erster Bürger.

Meinen Glückwunsch, Gevatter Grünschneider.

Zweiter Bürger.

Danke schön. Aber daß unsereinem hier so was
begegnen muß. Das ist doch außer allem Spaß.

Erster Bürger.

Denkt nicht darüber nach. Denken macht Kopfweh.
Wenn man eine gute Verdauung hat, ist alles andere
Larifari.

Zweiter Bürger.

Immerhin, wie stimmt das...?

Erster Bürger.

Sagt nichts. Ihr seid gut weggekommen. Damit
basta! — Schaut lieber, was da für eine gemütliche
Sippschaft beisammen sitzt.

Zweiter Bürger.

Ist das nicht der vom König geadelte Hans Engerling.

Erster Bürger.

Freilich, der den roten Sepp gefaßt hat.

Zweiter Bürger.

Und dort ist auch der alte Hubeland.

Erster Bürger (zu der Gruppe der Sitzenden).

Ist es erlaubt, hier Platz zu nehmen?

Hans von Maikerf.

Warum nicht? Wir haben just abgespeist. Aber da ist noch genug für Biedermänner.

. Erster Bürger.

Ich sag' nicht nein. Es ist schließlich doch der heilsamste Gebrauch, den man vom Maul machen kann.

(Die beiden Bürger setzen sich zu den andern.)

Erster Bürger
(kauend und inzwischen auf den alten Hubeland deutend).

Wie geht's dem Papa da?

Hinterstoißer.

Hat brav gefuttert. Aber mit den Ohren will's nicht bessern.

Hans von Maikerf (wichtig).

Hatte heute schon Besuch von Medizinalrat v. Zangen, auf Allerhöchsten Befehl; wurde untersucht und über alles ausgefragt. Und er will wiederkommen und vielleicht sogar der König mit ihm.

Hinterstoißer.

Ist eine wichtige Person geworden. Und es ist merkwürdig, wie ihm mit dem ersten Mund voll Grün die Erinnerungen gekommen sind und wie er alles erklären kann. — Gelt, Vater Hubeland?

Hubeland (auffahrend).

Wie?... Ja, ja!

(Sinnt vor sich hin, ohne die andern zu beachten.)

Hans von Maikerf (zu den Bürgern).

Das ist nun so eine Sache. Er sagt doch Dinge aus, die man schwer glauben kann.

Hinterstoißer.

Es ist aber auch allerlei zu sehn, was man schwer glauben kann.

Hans von Maikerf.

Aber das von den — Menschen! Es wäre ja schier gottlos, das zu glauben.

Zweiter Bürger.

Was ist es denn?

Hans von Maikerf.

Na! Seht ihr da draußen im Acker diese auf vier stampfenden Säulen schreitenden Ungetüme?

Zweiter Bürger.

Sind das... Menschen?

Hans von Maikerf.

Nein! Gäule sind's, sagt der Alte. Aber die dahinter und nebenher gehen, aufrecht auf den Hinterbeinen, diese häßlichsten Tiere, die mir je vorgekommen —

Zweiter Bürger.

Ja! scheußlich, ich halt's gar nicht aus hinzusehen und doch zwingt's mich.

Hans von Maikerf.

Diese gelblichen Larvengesichter, diese Gespenster mit welker Haut —

Hinterstoißer.

Und mit Händen wie der wühlende Werwolf, nur viel größer...

Dummerchen (das bisher stillgesessen).

Hände! Hände! seht ihr's, die Welt hat Hände!

Dritter Bruder (ihn beschwichtigend).

Still, gutes Dummerchen. Was verstehst du davon!

Hans von Maikerf.

Nun, da sagt der Alte, diese bleichen Lümmel seien die Herren und Meister der großen, edleren, deren Fell glänzt als ein schwarzer Spiegel und die mit jedem Tritt einen solchen Menschkerl zerstampfen könnten.

Zweiter Bürger.

Nicht zu glauben.

Hans von Maikerf.

Das sag' ich ja. Der Alte ist kindisch, schwatzt unverantwortliches Zeug.

Hinterstoißer (heftig).

Das könnt ihr selber nicht verantworten, was ihr da sagt. Der Hubeland hört nicht gut, das ist wahr. Aber was er gesagt hat, das ist bisher auch alles wahr gewesen.

Hans von Maikerf.

Hat er nicht gesagt, die Menschen seien überhaupt die Herren und Meister in dieser unserer Himmelswelt? Hat er das gesagt oder nicht?

Die Brüder des Hans von Maikerf.

Gesagt hat er's.

Hinterstoißer.

Ja! gesagt hat er's. Und so viel sehen wir jedenfalls, daß sie die Herren von die Gäule sind. Schaut doch selbst, wie die folgen müssen und wie der kleine Menschkerl da nebenher den Riesentieren mit dem langen Ding um die Ohren knallt. Meint ihr, die würden sich's gefallen lassen, wenn sie nicht müßten?

Zweiter Bürger.

So sieht's freilich aus.

Hans von Maikerf.

Aber der Hubeland sagt noch mehr. Er sagt, daß diese Bleichgesichter auch über uns Gewalt haben und daß sie uns aufsässig sind, uns hassen und vertilgen, wo sie uns finden. Nun frag' ich: ist das möglich?

Hinterstoißer.

Warum soll's nicht möglich sein? Was meint ihr, wenn der mit dem langen, sausenden und klatschenden Ding da einmal mitten unter uns hineinschlüge, — wie würd's uns ergehen?

Hans von Maikerf.

Aber wir sind doch im Lande der Verheißung.

Die Brüder.

Ja! das sind wir.

Hinterstoißer (mit rauhem, kurzen Auflachen).

Verheißung oder Verschleißung — das ist noch sehr die Frage.

Hans von Maikerf.

Was? ihr redet ja wie der rote Sepp?! — (sich aufrichtend) Kommt Brüder! Hier ist unseres Bleibens nicht. Ein Augenblick auf der Bank der Gottlosen ist eine sträfliche Ewigkeit.

Erster Bürger (der fortwährend gegessen hat).

Seid doch gemütlich, Leutchen. Wie mögt ihr zanken,

wo die Sonn' so schön scheint und das junge Grün von
allen Zweigen uns zuruft: „Friß mich! friß mich!"?

Hans von Maikerf.

Nein! Hier ist keine Gesellschaft für Leute, die
ihren Katechismus im Leib haben. „Wohl dem, der
Lasterhafte flieht!" Kommt, Brüder!

Zweiter Bürger (vermittelnd).

Aber man kann doch über seine Erfahrungen ein
ruhiges Wort reden. Ich hab' auch etwas erlebt. Zwei
Grüngoldne —

Hans von Maikerf.

Geht mich nichts an. — Vorwärts, Dummerchen!

Erster Bürger.

Still! Der König!

Hans von Maikerf.

Der König? — Dann bleiben wir, dann harr' ich
aus. Aber macht euch auf alles gefaßt. Es ist nicht
umsonst gesagt: „Das Gemurmel der Lästerer soll nicht
verborgen bleiben."

Dritter Auftritt.

König mit Hofherren, Hofprediger und Medizinalrat von Zangen. Die vorigen.

— · —

König

(im Gespräch mit dem Medizinalrat).

So wäre das Ergebnis dieses Falles,
Daß, wer die Liebe, — sei es nun gezwungen
Wie jener Alte, der ein Bein verlor,
Sei's gar freiwillig, weil ihm Höh'res vorschwebt, —
Auf Erden meidet, ehelos verbleibt,
Daß einen solchen die gesparte Kraft
Zuerst zur Rückkehr zwingt ins alte Reich
Der Nacht, doch auch behält zur Wiederkehr
Mit einem folgenden Geschlecht?

von Zangen.

So sagt' ich.

König.

Wer also hier des Freiens sich enthielte,
Der könnte niedersteigen als Prophet,
Dem kommenden Geschlechte zu verkünden
Die Lichtwelt, die er selbst geschaut?

von Zangen.

Kein Zweifel.

König.

Kein Zweifel? — Ja! kein Zweifel könnte dann
Das Volk bedrängen mehr, wenn Bürgschaft brächte
Des Sonnenlichts, des weiten Aetherraumes
Nicht solch ein ärmlicher Gesell wie jener,
Der diese Welt nur sah mit stumpfem Blick,
Vielmehr ein Geist, der in sich selbst den Maßstab
Des Weltalls trüge, der da sprechen könnte:
Mit meinem Königsworte steh' ich ein,
Daß alles so, wie ich es euch verkünde.

von Zangen (überrascht).

Ihr selbst, o! Majestät?!...

König.

Still! Den Gedanken,
Vor dem mein Herz erbebt, und der dem Geiste
Nur dämmernd vorschwebt als ein Sternphantom,
Ein Lichtgebild, umwallt von Nebelschleiern,
Soll nicht vorschneller Worte Schwall entweihn.

(auf die Gruppe deutend)

Dort ist der Alte.

(zu Hans von Maikerf)

Dich auch sollt' ich kennen.

Hans von Maikerf.

Ihr wart mir gnädig, als ich euch den Sepp,
Den roten, fing.

König.

Ganz recht. Hätt' ich ihn nur
In deinem festen Griff gelassen.

Hans von Maikerf.

Herr!
Hier habt ihr andre, die nicht besser sind.

König.

Was soll das heißen?

Hans von Maikerf.

Daß der Alte faselt
Und (auf Hinterstoißer deutend) dieser lästert.

König.

Und was sagen sie?

Hans von Maikerf.

Daß wir auf Erden nicht die höchsten Wesen,
Wir Kerfe! Daß die Menschen — wie ihr dort
Im Felde könnt ein Paar von ihnen sehn —
Die Kleinern, Majestät, wenn gleich noch Riesen
Zu unsereinem — diese rupp'gen Kerle —

König (erschrocken).

Hilf Himmel! welche schauerlichen Masken!

Hans von Maikerf.

Nun eben diese seien Herr'n der Welt!
Dazu noch unsre Feinde.

König.

Wer sagt das?

Hans von Maikerf.

Der alte Hubeland und dieser Bauer.

König (dem Alten ins Ohr schreiend).

Was von den Menschen weißt du, alter Mann?

Der alte Hubeland.

Ai! das ist aine beese, beese Rasse.

König (für sich).

So sehn sie freilich aus. (laut) Was thun sie denn?

Hubeland.

Die schlagen unserainen ainfach tot.

König.

Er faselt wirklich. — Warum thun sie das?

Hubeland.

Wahrschainlich zum Vergnichen, weil se bees sind.

König.

Das ist zu toll!

(zornig schreiend) Besinne dich! Was weißt du?

Hubeland.

Ich waiß halt, was ich waiß.

König.

Sahst du es jemals?

Hubeland.

Ai frailich! Und ainmal —

(besinnt sich) da hert' ich auch,
Was Zwai zusammen sagten, als in Säcke
Ein ganzes Bataillon von unsern Leuten
Sie stampften.

König (außer sich).
Was denn sagten sie?

Hubeland.

Sie sagten —
Hä! hä! — „Das gibt Maikeferspiritus,
Maikefergeist." Den können gut sie brauchen.

König (auf einmal sehr erleichtert).
Ha! wär' es das? — Wohlan, dann wär' ihr Wüten
In unserm Volk zugleich das Eingeständnis,
Daß unentbehrlich ihnen unser Geist.
Wir werden niemals Menschengeist verlangen,
Sie aber suchen unsern.

von Zangen (leise, für sich).
Optimistisch!
Zu optimistisch, fürcht' ich.

König.

Seht! Das Höchste
Sind wir auf Erden doch. Wer könnt' auch zweifeln!

(zu Hubeland)
Sprich! fliegen sie?

Hubeland.

Die Menschen? Nain! Nix fliechen.

König.

Ihr hört es. In die Luft sich zu erheben,
Bleibt ihrer plumpen Leiblichkeit versagt.
Laßt euch anfechten nichts, was zwar befremdet
Bei erstem, flücht'gem Blick, doch sich erklärt,
Wenn wir nur unsres Glaubens Grund bewahren.

(zum Hofprediger)

Ich will, daß man im Volk die Lieder pflege,
Die guten, die beweisen, wie uns Gott
Schon durch des Leibes Wohlgestalt geadelt
Vor aller Kreatur. Kernlieder mein' ich,
Wie: „Der den Panzer gab dem Volk der Kerfe" —
Und jenes unvergleichlich schöne Lied:
„Des Kerfen Aug' ist wunderbar"... Wer kommt da?

Vierter Auftritt.

Flügeladjutant von der Kron. Die Vorigen.

———

von der Kron.

O! Majestät! Was mußt' ich sehn!...

König (streng).

Ich sehe
Die Rückkehr, fürcht' ich, eines Pflichtvergessnen.
Wo ist der Flüchtling?

von der Kron.

Er entkam. Doch hört nur
Warum. — Auf seine Spur geheftet, folgt' ich
Aus allen Kräften ihm, mit mir zwei Wachen,
Die im Vorbeiflug ich zu mir berief.
Er hatte starken Vorsprung. Dennoch würden
Wir ihn ergriffen haben, uns verteilend,
Um ihn zu fassen, wenn er seitwärts schwenke;
Da bog er — längs dem Waldsaum ging die Flucht —
Scharf und wie Schatten suchend um die Ecke
Des wipfelreichen, kühlenden Gehölzes,
Das seltsam uns von Wind, ja Sturm bewegt schien.
Zwar nicht die höchsten Kronen. Diese starrten
In schwarzer Majestät. Doch junge Stämme,
Vom ersten dichten Grün erst angeflogen,

Und stark besucht von unserm Volke, schwankten
Von Stößen, die — da alle Lüfte ruhten —
Uns unerklärlich schienen, bis auf einmal
— O! Majestät! mir stockt das Wort im Halse —

König.

Bis ihr auf einmal saht —

von der Kron.

Daß Ungetüme

Von widriger Gestalt und grausem Antlitz —

König.

Ha! Menschen!...

von der Kron.

Handbewehrte starke Teufel

An diesen Stämmen rüttelten. Es stürzten
Die Unsrigen, die in den Zweigen saßen,
Zu Hunderten herab; da war kein Halt.
Kopfüber schossen auf den Grund sie nieder.
Und dort ergriffen jene Schrecklichen
Die wehrlos ihnen hingegebnen Opfer
Und nahmen — wahllos mit den plumpen Händen
Die Zappelnden ergreifend — sie gefangen.
In Schläuche wurden sie gesteckt, in Trichter,
In dunkel gähnende, darin beschlossen
Und endlich fortgeschleppt. — Vor diesem Anblick
O! Majestät! verging mir Sehn und Hören
Und jegliches Bewußtsein; sinnlos starren

Nur konnt' ich auf das ungeheure Schrecknis.
Als ich zuletzt mich wieder fand, im Wipfel
Der höchsten Fichte klebend überm Abgrund,
In dessen Tiefen alles dies geschah,
Da dacht' ich wahrlich nicht zuerst des Flüchtlings,
Und als ich endlich mich auf ihn besann,
War seine Spur verloren. Leicht ist's möglich,
Daß ihn auch jenes Wehgeschick verschlang.
Denn meine Wachen — dieses sah ich selbst —
Verloren vor dem fürchterlichen Anblick
So die Besinnung, daß sie unvernünftig
Und taumelnd mitten in die Menge stürzten,
Die auf dem Moos und auf dem Rasen lag.
O! Majestät! welch eine Schicksalsfügung!

König (ruhig).

Ein Mißverständnis. Doch, — das unserm Volke
Zur Ehre nur gereicht. Der Alte dort
Hat alles mir erklärt. Die Ungetüme,
Die Menschen, suchen unsern Geist und hoffen,
Aus unsern Leibern ihn zu pressen. Traurig
Ist's freilich, daß die Blindheit dieser Riesen
Nun einen Teil des Volks ins Elend riß.
Wir müssen Botschaft an die Menschen senden,
Daß die Gefangenen zurück sie geben.

von der Kron.

Das, König, wird umsonst sein. Wer sie sah
Bei ihrer Arbeit, weiß, daß diese Riesen

Gesetzlos sind und wild, nur ihrer Stärke
Vertrauend.

Hofprediger.

Majestät! vergönnt auch mir
Ein Wort.

König.

So sprich.

Hofprediger.

Es will mich fast bedünken,
Daß unverdient nicht jener Teil des Volkes
Ein böses Ende nahm. Zu niedrig hatten,
Zu nah der Erde sie sich angesiedelt.
Geht unser Weg vielmehr nicht himmelwärts?
So lang wir selbst in dunkler Tiefe wohnten,
Umgab uns Nacht und Schrecknis mancherlei;
Die Teufel hatten über uns Gewalt
Und quälten uns, wie wir es alle wissen.
Da führte die Verheißung uns ans Licht,
Gab uns die neue Welt mit jener Wölbung
Der fernen, klaren, blauen, die sich endlos
Im All ergießt. Wohlan: *Excelsior!*
Umsonst nicht sind die Flügel uns geworden.

(mit ängstlichem Seitenblick auf den Acker hinaus)

Warum verweilen wir so nah der Erde,
Dem Reich der Teufel noch nicht fern genug?
Die Menschen — scheint mir — sind Zuchtmeister
Gottes,

Zu weisen uns den Weg. Die hohen Wipfel
Laßt künftig uns allein bewohnen.

(aufs Feld deutend)

Seht,
Wie jene stets sich nähern, häßlich blickend
Hierher. Auf! rat ich. Fort von diesen Hecken
Und niedern Büschen. Fort! *Excelsior!*

(Pumpt eifrigst Luft.)

Medizinalrat von Zangen (für sich).

Da schafft Furcht ein dogmatisches System.

König (gedankenvoll).

So wären Teufel jene? Glaublich klingt es.

Hofprediger.

Zwei andre kommen dort, gerad' auf uns.
Laßt später uns erwägen, — fliegen jetzt!

(Schnurrt davon.)

König.

In Gottes Namen sei's. *Excelsior!*

(Alle ab.)

Episches Intermezzo:

Dummerchen.

Ein Idyll.

———— ·❦· ————

Am ersten Maienmorgen wandelt „'Bin“,
Der Pfarrerssohn, — Sabinus ist sein Name, —
Auf sanftem Wiesenpfad zum Walde hin
Und denkt an seine neuste Herzensdame.
Er liebt sie schon seit Anbeginn April,
Als just die Weidenkätzchen ausgebrochen,
Und wartet auf den Augenblick seit Wochen,
Da seine Lieb' er ihr gestehen will.

Sie ist ein blondes, süßes, junges Ding,
Geschmeidig wie ein sammetfellnes Frettchen,
In Gang und Haltung wohl zu sehr Soubrettchen,
Nur daß aus saphirblauer Augen Ring

Der sanften Sterne Schein bescheiden flimmert,
Ein Seelchen kündend, das verborgen blüht,
Das, während Lachen auf den Lippen schimmert,
Doch auch für ernste Dinge schön erglüht.

Als Töchterlein des nahen Gutsverwalters
Und jüngst aus der Pension zurückgekehrt,
Hat sie dem Pfarrerssohne gleichen Alters,
Auszeichnend ihr zu nahen, nicht gewehrt.
Zwar seine Siebzehn sind nicht wert die Sechszehn,
Die ihren zarten Busen sanft geschwellt,
Doch würd' es einem jungen Mädchen schlecht stehn,
Nähm' es so kritisch wahr den Lauf der Welt.

So spann bereits denn zwischen diesen Beiden
Die Liebe, die aus scheuen Blicken spricht,
Die ersten Fäden elfenhaft und seiden.
Verräterisch war auch das Purpurlicht,
Das sich bei unvermutetem Begegnen
In ihre jungen Wangen plötzlich goß,
Und den Beglückten, doch auch schwer Verlegnen
Ein köstliches Geheimnis jäh erschloß.

Zu Worten war es endlich auch gekommen.
Doch nicht davon, wovon die Herzen voll,
Floß dann ihr Mund; sie atmeten beklommen
Und gönnten sich nur karger Rede Zoll:

Vom Wetter, — daß es endlich Frühling werde, —
Daß nächstens auch im Städtchen Jahrmarkt sei
Mit einem Karoussel, das nicht bloß Pferde
Besitze, Schwäne seien auch dabei ...

Wohl war für Ohren, die vom Klang sich nähren
Der andern Stimme, nicht allein vom Sinn,
Auch solcher Redetand Musik der Sphären;
Nur schwanden ungenutzt Minuten hin,
Die leider doch zu häufig sich nicht fanden
Und denen bessere Verwendung ward,
Wenn erst einmal die Lippen sich gestanden,
Was in den Herzen keimte kühn und zart.

Drum wandelt heute 'Bin so in Gedanken
Auf seinem Pfad; die Seel' ist ihm umflort.
Und leise fängt er an mit sich zu zanken:
„Warum nur bin ich immer so verbohrt,
Das dümmste Zeug zu sprechen, statt das Eine,
Wenn mir der Himmel Trudchens Nähe schenkt?
O! käme jetzt sie um den Haag geschwenkt,
Heut' endlich sagt' ich ihr, wie ich es meine.“

Und sieh — da nimmt das Schicksal ihn beim Wort.
Ein lichtes Frühlingskleid am Waldsaum flattert,
Sie ist's! Sie ist's! — Erst steht er ganz vertattert,
Dann eilt in großen Sätzen er dem Ort

Entgegen, wo sich kreuzen ihre Pfade,
Was Trudchen alles weder sieht noch ahnt.
So viel scheint sicher, daß des Himmels Gnade
Die beiden Wege weislich hat gebahnt.

Im neuen Strohhut und in einem Röckchen,
Das vorne tief *en coeur* geschnitten war,
Um Hals und Schläfe leicht gelöste Löckchen,
Der Mund tief rot, die Augen frisch und klar —
So kam das wohlgeschaffene Persönchen
Mit einem Buschen Flieder in der Hand
Im Wiegegang daher am Waldesrand
Und summte vor sich hin halblaute Tönchen.

s' war Mozarts „Veilchen", was sie leise sang.
Da fiel auf ihren Weg des Jünglings Schatten.
Zugleich zu ihren Muschelöhrchen klang,
Was diese — scheinbar — nicht erwartet hatten:
„Ei! guten Morgen Fräulein Gertrud!" — — ‚Ah!'
Entfuhr es ihr. Dann trafen sich die Blicke.
Und jedes wurde rot bis ins Genicke.
Ach! die Verlegenheit war wieder da.

Trotz allem Vorsatz weiß 'Bin nichts zu sprechen,
Doch hält er ihr zur Seite gehend sich.
Und eben will sie selbst das Schweigen brechen;
Da hört sie: „Lila lieb' ich fürchterlich."

‚Ach! meinen Flieder!' spricht sie. Er: „Syringen
Auch nennt man ihn." Dann wird es wieder still.
Kein weiteres Gespräch will ihm gelingen.
Ach Gott! Gehts denn im Mai wie im April?

Doch nein! — In seiner Angst die Blicke hebend,
(Sie schritten immer noch am Waldessaum),
Sieht er an jungen Buchenzweigen klebend
Das Käfervolk; es füllt den ganzen Baum.
Und froh, auf einmal ungesucht zu finden,
Was Anknüpfung zu Weiterem verheißt,
Spricht er: „Der Mai mit seinen Angebinden
Ist da!" — indem er auf die Käfer weist.

„O! weh!" ruft Trudchen. „Diese garst'gen Tiere
Verleiden mir seit Jahren schon den Mai.
Oft fragt' ich mich, warum nur existiere
Solch Ungeziefer. Gehn wir schnell vorbei.
Denn, wenn im Haar sich Einer mir verfienge —
Es macht mir übel, nur zu denken dies —
Ich glaube, daß vor Grausen ich vergienge.
Ist's wohl ein Flugjahr? Ach! gewiß! gewiß!"

Da regt in 'Bin sich etwas vom Schulmeister,
Der leider in den meisten Männern steckt.
Zu zeigen uns als überlegne Geister,
Zu deuten alles, was Natur bezweckt,

6

Das scheint uns wohlgethan vor unsern Frauen.
Doch stiege mancher vom Piedestal,
Könnt' er ins Herz des kleinen Weibchens schauen,
Das lächelnd lauscht dem weisen Herrn Gemahl.

So hob denn 'Bin dozierend an: „Im Haushalt"...
Doch weiter kam er nicht. Es gellt ein Schrei,
Aus dem die höchste Seelenangst herausschallt;
Und ohne, daß er ahnt noch, was es sei,
Sieht Trudchen wie verrückt im Kreis er tanzen,
Dazu kreischt sie, greift nach dem Busen hin,
Stampft achtlos auf die weggeworfnen Pflanzen,
— Die Lila, — Worte schreiend ohne Sinn.

Er steht betäubt. Sie aber an den Armen
Ergreift ihn jetzt und stöhnt: „Das Tier! das Tier!
„O! helfen Sie! O! haben Sie Erbarmen!
Ich kann's, ich darf's nicht fassen... hier, hier, hier!"
Und da sie stets auf den *Encoeur*-Schnitt deutet,
Kommt endlich diesem guten, jungen Mann
Verständnis dessen, was die Glocke läutet.
Er merkt: ein Käfer Einschlupf dort gewann.

Und kühn entschlossen senkt er seine Hand
In eine weiche Doppelwallung nieder,
In ein ihm wunderbares neues Land.
Ein Schauer fährt ihm rieselnd durch die Glieder.

Halb ist ihm nur bewußt, was er verspürt,
Doch dünkt ihm, daß von allem, was auf Erden
Es gibt, er jetzt das feinste hat berührt,
Daß ihm ein höhres Glück nicht konnte werden.

Zwar einen Augenblick nur darf er weilen,
Bis er gepackt den ungebetnen Gast.
Doch tausend Meilen glaubt er zu durcheilen,
Ein Reich, das jede Herrlichkeit umfaßt.
Und daß es wogt in schauerndem Erbeben
So weich, so warm, so zart, so wonnevoll,
Gießt in die Adern ihm ein stolzes Leben,
Wie's niemals ihn so glühend noch durchquoll.

Der Käfer lag im engen Hügelthal,
Mit seinen Tarsen links und rechts sich klammernd;
Der zarten Haut schuf dies vornehmlich Qual.
Doch stille hielt das Mädchen, nicht mehr jammernd,
Nur harrend, atemlos, daß dem Versteck
Das Untier in des Retters Hand entsteige;
Es galt, daß sie sich rühre nicht vom Fleck,
Der Hand gefällig sich vornüber neige.

Nach einer Ewigkeit von zwei Sekunden
Zieht, halb geschlossen, sich die Faust zurück.
Das Schreckens-Tier ist fort! Dies wird empfunden
Von Trudchen als ein großes, volles Glück.

Doch in dem Glücksgefühl wird ihr bewußt
Auf einmal auch, — und Glut flammt auf den Wangen —
Daß nicht der Käfer nur auf ihrer Brust
Zu einem Gastbesuch sich unterfangen.

Da schießen Thränen in die Augen ihr,
Die blauen Sterne schwimmen und ertrinken.
Nach einer Stütze greift, ohnmächtig schier,
Das arme Kind; sie wird zu Boden sinken.
Doch plötzlich fühlt sie stürmisch sich umschlungen,
Auf ihre Lippen preßt sich fest ein Mund.
Dann jubelt's: „Gertrud! hab' ich dich errungen?
„Ja! du bist mein! Geschlossen ist der Bund!"

Sie duldet zitternd, schweigend die Liebkosung
Und ihre Lebensgeister sammeln sich.
Wenn künftig „Liebe" lauten soll die Losung,
Dann ist — so scheint ihr — nicht so fürchterlich,
Was hier geschah; zwar immer noch zum schämen
Und jedenfalls zum wiederholen nicht.
Je nun! sie würde nöt'gen Falles zähmen
Den Wilden und ihn zwingen zum Verzicht.

So ließ sie denn ihr Mäulchen lieblich schwellen
Auf seinen Lippen mit beherztem Druck,
Und Beider Herzschlag ging in hohen Wellen.
Dann, frei sich machend mit entschiednem Ruck,

Sprach sie: „Ach Gott! wie ist es nur gekommen?
„Ich war recht dumm! Nun schäm' ich mich zu Tod.
Der Käfer ... ach! ... wie hab' ich mich benommen!
Doch so ein Tier! ... und Not kennt kein Gebot."

„O! göttliches geliebtes Mädchen, sage
Dergleichen nicht!" rief 'Bin ekstatisch aus.
„Noch immer in der hohlen Faust hier trage
Den Käfer ich und nehm' ihn mit nach Haus,
Weil er der Gründer unsres Glücks geworden.
Dies Tier! — nein! fürchte nichts, ich halt' es fest —
Ist nicht ein Sproß gemeiner Käferhorden,
Stammt nicht aus schlechter Engerlinge Nest.

„Gott Eros selbst steckt in dem kleinen Wesen,
Der Gott, der künftig unsre Liebe schützt.
Drum hat er jenes Nestchen sich erlesen —
O! nein! erröte nicht, was gar nichts nützt, —
Ich sag', er hat uns Beide so geleitet,
Wie's unserm wahren Glücke dienlich war.
Ein niedlich Heiligtum sei ihm bereitet,
Dem Käfergott, ein kleiner Hausaltar."

Doch Fräulein Gertrud, mit erneuten Flammen
Im Angesicht, sprach fest und würdevoll:
„Nein! keinen Schritt gehn weiter wir zusammen,
Wenn dieses Scheusal uns begleiten soll.

Das indiskrete Tier bleibt mir ein Grausen.
Es hat den Tod verdient, — und würd's gespießt!
Der Ekel mag bei seinesgleichen hausen.
Mein Hals ist nicht gepflastert noch bekiest."

„Hals!" dachte 'Bin. „Hals! das ist wirklich gut!"
Laut aber sprach er: „Sei's, ich will verzichten,
„Will keinen Hausaltar dem Schelm errichten,
Der auf dem allerschönsten schon geruht.
Doch ihn zu töten — nein! das wäre Sünde,
Das wäre Mord im Reich der Cherubim.
Er kehre heim in dunkle Waldesgründe,
Die sel'ge goldne Freiheit schenk' ich ihm."

Und so geschah's. Auf einer Weißdornhecke
Ward sorglich ausgesetzt der kleine Mann.
Und dann verschwand das Pärchen um die Ecke,
Das durch ein Käferlein sein Glück gewann.
An jenem Abend aber, als allein
Sabinus sich befand in seinem Zimmer,
Bannt' in ein ganzes Epos er hinein
Des schönen Abenteuers Freudenschimmer.

Romantisch allegorisch drin beschrieb er,
Wie er als Ritter eine holde Maid
Von einem Drachenungetüm befreit.
Man sieht, nicht völlig bei der Wahrheit blieb er.

Der Käfer war kein Lindwurm, ohne Zweifel.
Für dieses Faktum ist auch 'Bin nicht blind.
Doch sagt er sich im Stillen: „Na! zum Teufel!
„War's auch kein Lindwurm — etwas doch war lind!"

Fortsetzung der zweiten Handlung.

Fünfter Auftritt.

Ein Eichenwäldchen. Abend; aber noch hochstehende Sonne.
Maikäfermädchen kommen unterm Moos aus Erdhöhlen
hervor.

Maikäferfürstin Artemisia

(noch verborgen, zu einer ihrer oben bereits angelangten
Jungfrauen).

Nun? wie ist es! kann man's wagen?

Andrakia.

Herrlich alles: grüne Wipfel,
Blauer Himmel, linde Lüfte,
Und die goldne Hochzeitsfackel
Lodernd aus azurnem Zelt.

Artemisia (noch verborgen).
Du sprichst wie berauscht.

Andrakia.

Komm selbst nur,
Fürstin, und du sprichst wie ich.

Artemisia
(erscheint mit einem Gefolge von Mädchen; sie sieht sich lange
um, dann:)
Ja! das ist des Lebens Festsaal.
Seht, Anthusa, Phyllis, Myrrha!
Glänzend ist es eingetroffen,
Was man uns versprach.
(kleine Pause)
So wird sich
Auch das Andre hier erfüllen,
Das ihr wißt.

Myrrha.
Das von den Männern?

Artemisia.
Eben dies. Ein Volk von Mädchen
Sind am längsten wir gewesen.

Phyllis.
Und wir stehn im Land der Männer?

Myrrha (sich umsehend).
Doch ist keiner zu erblicken.

Artemisia.

Ei! bist du so ungeduldig?

Myrrha.

Wißbegierig nur.

Artemisia.

Ich hoffe,
Daß ihr eingedenk bleibt dessen,
Was sich uns als Mädchen ziemt.

Andrakia.

Sollen wir denn Mädchen bleiben?

Artemisia.

Ja, wenn wir nicht würd'ge Gatten
Finden. Nur des Landes König
Soll mich frei'n. Von euch erwart' ich,
Daß auch ihr den ersten Besten
Nicht erhört.

Andrakia.

Das thust du selbst doch.

Artemisia.

Ich?

Andrakia.

Wenn wenigstens der Erste
Seines Landes auch der Beste.

Artemisia.

Du bist ausgelassen munter.

Andrakia.

Wär' ich's jetzt nicht, wann je würd' ich's?

Artemisia (sich zu einer Andern wendend).

Und was sagt dazu Anthusa?

Anthusa.

Daß wir besser ledig blieben.

Artemisia.

Ledig?

Anthusa.

Ja, der Lasten ledig,
Die uns auferlegt die „Liebe."

Artemisia.

Diese Last ist Lust, ist Zukunft
Unsres Volkes.

Anthusa.

Ob ihm Zukunft
Auch zukommlich, ist die Frage.

Artemisia.

Ei! du ew'ge Philosophin.
Drunten gab dir Recht das Dunkel.
Auf den schwarzen Wänden spielten
Deine schwärzeren Gedanken
Ein natürlich Schattenspiel.

Doch hier in der schöuen Lichtwelt
Widerlegt das volle Leben
Dir mit jedem Atemzuge
Solche trübe Träumerei.

• Anthusa.

Wohl! so laß mich weiter träumen
Einsam hier.

Artemisia.

Was willst du?

Anthusa.

Hüten
Dort im Moos die enge Pforte,
Die soeben wir verließen.
Ihr schwärmt aus in ferne Weiten.
Doch — wer weiß! — vielleicht noch kehrt ihr
Gern zurück zum alten Einschlupf.
Den bewach' ich euch.

Myrrha.

Wie seltsam!
Nicht zu Hof will sie? zum König?
Kann das Fest, den Ball verschmerzen?

Andrakia.

Thut vielleicht nur so, die Schlaue.
Macht sich pretios und sucht wohl
Gar private Abenteuer.

Artemisia.

Laßt sie! — Deinen Wunsch gewähr' ich,
Doch nicht ganz bedingungslos.
Wenn wir alles so gefunden,
Wie wir's hoffen, wenn wir schweben
Ganz in Glück und eitel Freuden,
Einen Boten dann dir send' ich,
Dem du folgen sollst zu uns.
Das versprich mir.

Anthusa.
Ich versprech' es.

Artemisia (ihre Flügel öffnend).

Auf denn, Mädchen, daß wir weiter
Dringen ein ins Wunderland.

(Fliegt fort, von den andern begleitet.)

Andrakia (im Fortfliegen zu Anthusa).

Einsam bleibst du nicht alleine.
Wenn ich erst sechs Männer habe,
Drei zur Rechten, drei zur Linken,
Und es kommt ein weiser Griesgram,
Deiner würdig, angekrochen,
Schick' ich dir den Siebenten.　　　(Ab.)

Anthusa (allein).

Spottet nur und fliegt zum Tanze.
Was frag' ich nach diesen Männern!
Schon durch euer Schwatzen sind sie

Mir verleidet, eh' ich einen
Noch gesehn. Ich wollt' es führte
Mir ein Zufall her den Besten,
Daß ich ihn — zum Besten hätte.

Horch! Was ist das für ein Summen?
Jemand kommt. Ein Liedchen, dünkt mich,
Aus zufriedenem Gemüte
Dudelt da des Wegs daher.
Wäre das ein Mann? Und lustig?
Hm! das intressiert mich doch.

(Sie verbirgt sich.)

————•◆•————.

Sechster Auftritt.

——— .

D u m m e r c h e n (kommt singend daher).

Hände hat die Welt! recht flotte,
Nette, ganz vergnügte Hände!
Nicht mehr ist mir bang vor Händen.
Hände gibt es, die uns retten,
Ist man wo hineingefallen.
Heissasa! die Hand soll leben!

7

Anthusa (im Versteck).

Seltsam, was der spricht von Händen.
Scheint ein aufgeweckter Bursche.
Glichen diesem alle Männer,
Könnte man Vertrauen fassen.
Möchte plaudern mal mit ihm.

(Zeigt sich.)

Dummerchen.

He! Was für ein netter Käfer!
Wer bist du? Von meinen Brüdern
War nie Einer meinen Augen
So gefällig, wie du's bist.

Anthusa (zögernd).

Weil vielleicht ich eine — Schwester.

Dummerchen.

Und vielleicht, — (geheimnisvoll) weil ich wo war.

Anthusa.

Wo denn warst du? Darf ich's wissen?

Dummerchen.

Ja, wenn ich das selber wüßte!

Anthusa.

Nun, du kannst es doch beschreiben.

Dummerchen.

Nein! ich bin beschränkten Geistes,
Wie die Brüder immer sagen.

Anthusa.

Hm! das kann ich just nicht finden.

Dummerchen.

Allerdings auch ist mir's heller
Als jemals zuvor im Kopfe.
Und das, glaub' ich, das verdank' ich
Meinem Aufenthalt im Abgrund.

Anthusa (für sich, citierend).

„In die Tiefe mußt du steigen,
Soll sich dir das Wesen zeigen.
Und im Abgrund wohnt die Wahrheit."

(zu Dummerchen)

Welch ein Abgrund?

Dummerchen.

So ein weicher,
Schwüler, der dazu laut schrie.

Anthusa.

Schrie der Abgrund?

Dummerchen.

Ja, entsetzlich.
Und ging auf und ab in Wogen,
Bis die Hand kam, die mich holte.

Anthusa.

Und du wolltest drin nicht bleiben?

Dummerchen.

Nein! dort gab es nichts zu essen
Und war ziemlich dunkel. — Freilich
Sonst war's ein famoser Abgrund.

Anthusa.

Wie denn das?

Dummerchen.

Na! so ein Glühen
Drang aus seinen kühlen Hügeln
Mir ins Innerste...

(mit plötzlichem Ausbruch)

Dich will ich!

Anthusa (abwehrend).

Laß mich! — Wirklich scheinst verwirrt du.
Kühle Hügel, die doch glühen!
Was du schwatzest!

Dummerchen.

Was ich fühle,
Wenn ich's auch nicht richtig weiß.
Du auch scheinst mir so ein Wesen
Kühl und glühend. Etwas zieht mich
Hin zu dir. Was wehrst du dich?

Stimme Hans von Maikerfs.

Dummerchen! bist du's? Wir kommen!

Dummerchen.

O! verwünscht! Das sind die Brüder!

Anthusa (für sich).

Wer mag's sein! Wär's gar der Bote
Und beträfe so mich? Fort!

(Fliegt zur Seite.)

Siebenter Auftritt.

Hans von Maikerf mit den andern Brüdern
Dummerchens erscheint.

Hans von Maikerf.

Dummerchen! du bist gerettet!

Dummerchen (zornig).

Ja! zum Teufel! bin gerettet.

Hans von Maikerf.

Welche Sprache?

Zweiter Bruder.

So zu fluchen,
Wo du sollst dem Himmel danken!

Dritter Bruder.

Sahn wir alle doch dich stürzen
Und verschwinden, gleich als hätte
Dich ein Abgrund eingeschluckt.

Dummerchen.

Hat er auch.

Dritter Bruder.

Und Menschen standen
Unterm Baum und hatten Hände.

Dummerchen (geringschätzig).

So viel frag' ich jetzt nach Händen!

Hans von Maikerf.

Wirklich — er ist ganz verwandelt.
Komm!

Dummerchen.

Mit euch? fällt mir nicht ein.

Dritter Bruder.

Das sagst uns du, deinen Brüdern,
Die dich überall gesucht?

Dummerchen.

Dank. — Bemüht euch nur nicht weiter.

Zweiter Bruder (sentimental).

Bruder!

Dummerchen (lustig).

Alle sind wir Brüder,
Doch die Schwestern sollen leben!

Dritter Bruder.

Schwestern?

Dummerchen.

Ja, wie eine hier war.
Und ihr habt sie mir verscheucht.

Hans von Maikerf (losbrechend).

Hier ward nun genug gefackelt.
Du bist fürchterlich verwildert,
Wie ich sehe; du brauchst Zuspruch,
Geistlichen, Gebet, Vermahnung,
Zucht und strenges Ueberwachen.
Nicht weiß ich, woher dir plötzlich
Kam Erkenntnis, Aufgeklärtheit
Deines bisher dumpfen Geistes.
Doch dir wäre wahrlich besser,
Wärst du dumm und fromm geblieben.

Zweiter Bruder.

Fromm — ich fürcht', er war es nie.

Hans von Maikerf.

Doch es blieb gewahrt der Anstand,
Weil man ihn für voll nicht nahm.
Wohl! Bis er sich nicht gebessert,

Mag der Welt als Narr er gelten.
Das sind unserm Ruf wir schuldig
Und auch meinem neuen Adel.
Nehmt ihn.

Dummerchen.

Wie? Gewalt?

Hans von Maikerf.

Zum Besten

Deiner Seele.

Dummerchen.

Der zum Besten
Hatt' ich etwas hier im Gange...

Hans von Maikerf.

Fort mit ihm!

Dummerchen.

Zu Hilfe! Schwester!

Hans von Maikerf.

Schrei'n und Zappeln hilft dir nichts.

(Sie schleppen ihn fort; alle ab.)

Achter Auftritt.

Anthusa (kommt zurück).

Welcher Frevel! Warum zerren
Diesen wohlgelaunten Jüngling
Sie mir fort? — Mir fort? — Was sagt' ich!
Weh, Anthusa! — Hat der Erste,
Den du sahst, dein Herz besiegt?

(sinnend)

Ahnungsvolle Triebe wachten
Plötzlich in mir auf. Er war so
Sicher seines Ziels, so glühend.
Und in mächtiger Bewegung
Schwoll mein Leben ihm entgegen.
Schwach nur wehrt' ich mich, schon kostend
Sieg in naher Niederlage.

Nein! ich muß mich besser hüten.
Weigern muß ich mich, versagen,
Wenn mir je ein Andrer naht.

Weigern? Um zurückzuweisen
Unbarmherzig jede Werbung? —
Keineswegs! Gesteh's, Anthusa,
Du auch suchst fortan die Liebe,
Du auch suchst des Weibes Los.
Doch erobert willst du werden,
Willst die Kraft des Freiers schwellen

Durch den Widerstand, daß kämpfend
Er sein Recht auf dich behaupte
Gegen eine Welt von Feinden.
Nicht wie dieser schwache Jüngling
Sich so leicht vertreiben lasse.

(aufblickend)

Dort — was seh' ich! Wieder Einer!
Wär' es unsrer Fürstin Bote?
Nein! So groß und düster schreitet
Keiner, der in fremdem Auftrag
Seine Glieder regt. Gewaltig
Scheint mir dieser und ein Held.

(Sie verbirgt sich.)

Neunter Auftritt.

König (im Selbstgespräch).

Nah ist die Entscheidungsstunde.
Schon im Lande sind die Mädchen.
Meine Wachen sahen sie.
Mit dem Rüstzeug rauher Tugend
Heißt's nun wappnen meine Seele.
Hier Unsterblichkeit — dort Liebe.
Hier die Macht, zurückzukehren
Als Prophet zu künft'gem Volke,

Dort ein wonnevolles Schmelzen
Und in liebender Umschlingung
Ein Erzeugen, schöpferisch! —

Woher klingt mir's nur im Ohre
Wie ein großer Sonnenhymnus:
„Wollust ward dem Wurm gegeben
Und der Cherub steht vor Gott?"
Höher scheint des Cherubs Freude.
Doch was weiß ich von der andern,
Die ich, ohne sie zu kennen,
Opfern will für einen Traum?

Mag die Gottheit denn entscheiden!
Mag sie mir ein Zeichen geben,
Jetzt, sogleich, damit ich wisse,
Welchen Weg ich gehen soll.

(Anthusa wird sichtbar.)

König.

Was erblick' ich? — Ha! das Zeichen!

(zu ihr)

Wer bist du, o! glattes, blankes,
Reizvoll zierbegabtes Wesen?

Anthusa.

Eine Jungfrau, deren Panzer
Glatt und blank zwar, wie du sagtest,
Doch auch fest und wehrhaft ist.

König.

Schönheit, die mit Stolz gegürtet,
Geht einher im höchsten Schmucke.
Doch, du Trotz'ge, dieses wisse,
Daß der Himmel dich mir sendet...

Anthusa (kühl).

Keine Botschaft gab er mir.

König.

Du bist selbst die gute Botschaft.

Anthusa.

Ohne daß ich solches wüßte?

König.

Ich erbat ein sichres Zeichen,
Daß ein Weib ich sollte frei'n.
Wie die Augen nun ich hebe,
Stehst du Herrliche vor mir.

Anthusa.

Dann bedeut' ich dir: Verzichte.

König.

Und warum?

Anthusa.

Weil du von allen
Mädchen, die dies Land besuchen,
Auf die Eine mußtest treffen,
Die gelobt hat, nie zu frei'n.

König (sehr betroffen).

Wie? du hättest...

Anthusa (für sich).

Mächtig packt's ihn.
Wie im Sturm wird er mich nehmen.

König.

Und der Grund, daß du gelobtest?..

Anthusa.

O! der Gründe hundert hab' ich.
Wäre keine Last die Ehe,
Spräche man wohl nicht von „ledig".
Eheschließung heißt auch Trauung,
Weil es Mut braucht, zu getraun sich,
Solche Thorheit zu begehen.
Heirat — guter Rat ist teuer!
Hochzeit — Zeit, die hoch zu stehn kommt!
Ehe — ehe man sie einging,
Ging das Leben eher an.
Wagt die Sprache bittre Witze,
Ist die Sache wohl auch bitter,
Endlich — kurz und gut ich will nicht!

(für sich)

Jetzt bleibt Zwang allein ihm übrig.

König (resigniert).

Was ich wollte, Mädchen, ward mir.
Anders freilich, als ich meinte.

(schwärmerisch)

„Und der Cherub steht vor Gott!"

Anthusa (unruhig).

Wie denn nun?

König.

Du hast entschieden,
Daß, gleich dir, ich ledig bleibe.
Wisse, daß ich... doch man stört uns.

———◆———

Zehnter Auftritt.

Flügel-Adjutant von der Kron mit einigen Hofherren
zu den Vorigen.

———

von der Kron.

Majestät!

Anthusa (für sich).

Wie? Majestät!
Ich, — ich wies zurück den König!

König.

Sucht ihr mich?

von der Kron.

Um euch zu melden:
Artemisia, die Fürstin,
Ist mit ihren Amazonen
Eingetroffen. Schon zum Feste
Rüsten sich die unsern alle.
Röter wird das Gold des Abends.
Reiche Purpurdecken wallen,
Wo im Westen Erd' und Himmel
Sich berühren, und es zittert
Ambrahauch der Wiesenblumen
In der sonnenheißen Luft.

König

Gut, ich komme. Zwar der Fürstin...
Doch das später.

(zu Anthusa)

Stolzes Mädchen,
Habe Dank! Du hast gefestigt
Meine königliche Seele.
Kameraden der Entsagung
Sind wir beide. Wenn bei Hofe
Jemals du erscheinst, so wisse:
Einen Freund gewannst du dir.

(Fliegt fort mit von der Kron und dem Gefolge.)

Anthusa (allein).

O! ich dreimal Unglücksel'ge!
„Stolzes Mädchen" — wenn er wüßte!

„Kameraden der Entsagung" —
Nein! nein! zehnmal nein! Verzehrend
Feuer rinnt mir durch die Glieder.
Folgen will ich ihm und müßt' ich...

Dummerchens Stimme.
Schwester! Schwesterlein! wo bist du?

Anthusa.
Das ist jenes Andern Stimme!
Was beginn' ich? — Welche Frage!
Besser als ein frost'ger König
Ist ein bürgerliches Männchen,
Das mich liebt und mich begehrt.
(rufend)
Ich bin hier!

Dummerchen (atemlos heranstürmend).
Und ich nicht minder!

Anthusa.
Frei?

Dummerchen.
Ja, dich zu frei'n, du Schöne.

Anthusa.
Wie entkamst du deinen Brüdern?

Dummerchen.
Einer, der mir immer gut war,
Half zur Flucht mir. Aber schnell jetzt!
Weißt du eine kleine Hütte?...

Anthusa.

Jenes Thor, dem wir entschlüpften ...

Dummerchen.

Dort im Moos? Ja, das ist gut.

(Beide in Umschlingung verschwinden in der angedeuteten
Richtung.)

Andrakia (herbeischwirrend).

He! Anthusa! Unsre Fürstin
Sendet mich; gleich sollst du kommen
(sich umsehend)
Wo nur mag die Tolle stecken?
Keine Spur von ihr? Wie? Triebe
Sie den Unsinn der Entsagung
Bis zur Rückkehr in die Tiefe?
Dort ist unser Ausschlupfpförtchen.
Sehn wir nach.
(wirft einen Blick hinein)
Du güt'ger Himmel!
Das ist ja —
(sieht nochmals hin)
Das ist infam!
Alle meine Glieder beben
Vor Entrüstung. Das ist schamlos!
Gleich muß ich's der Fürstin melden.
So sind diese Tugendprotzen!
(sieht nochmals hin)
Ist nun das Philosophie?
(Fliegt fort.)

Elfter Auftritt.

Waldessaum in offener Gegend, mit dem Blick nach dem in allen
Farben leuchtenden Abendhimmel. Im Kranz der Wipfel nimmt
der königliche Hof die Mitte ein. Daselbst auch die Fürstin
Artemisia mit ihrem Gefolge. Ringsum in weitern Zwischen-
räumen das ganze Volk der Männer und der Mädchen, zu fest-
lichem Schwärmen sich rüstend.

———

Kanzler (die Honneurs machend).

Die Welt war halb nur, Fürstin, eh' ihr kamt.
Durch euch erst rundet sie sich zur Vollendung.

Artemisia.

Ihr sagt zu viel.

Kanzler.

Noch lange nicht genug.
Ich schwör' es euch: ein Hauch des Mißvergnügens
Lag über unserm Tag, ein Reif, ein Frösteln
Auf all dem Sonnenglück des neuen Lebens.
Ihr wischtet ihn hinweg, ihr und die euern.
Seht nur! Der Himmel selbst hißt Purpurflaggen,
Zu ehren euch. Die goldnen Fahnenstangen
Schmückt er mit flammenden Panieren. Seht!

Artemisia.

Ihr deutet artig jene Zauberspiele
Des Horizonts. Doch wär' unartig ich,
Vergäß' ich, daß noch fehlt, der diesem Fest
Erst vollen Glanz verleiht.

Kanzler.

Der König kommt.
Es ward nach ihm gesandt.

Artemisia.

Ich hofft', inmitten
Der Seinen ihn zu finden.

Kanzler.

Er umarmt
Vielleicht Frau Einsamkeit zum letzten Male,
Weil nächstens er ihr ganz den Abschied gibt.

Artemisia.

Ich hab' ein Fräulein, das in Einsamkeit
Aus grüblerischem Hang sich gern versenkt.
Sie blieb zurück. Doch jetzt beschied ich sie.
Und eben kommt die Botin, die ich sandte.
Andrakia! Allein? Wo bleibt Anthusa?

Andrakia (die herbeigeflogen ist).

Die? Wo sie bleibt? O!.. Aber nein, das kann ich
Vor allen diesen nicht, geheim nur sagen.

(Spricht leise mit Artemisia.)

(Die Gigerln **Kleps** und **Reps** gehen vorüber.)

Reps.

Wie finden Sie die Püppchen?

Kleps.

Appetitlich.

Die ist ein fesches Ding, die just zur Fürstin
Kam angeschwirrt.

Reps.

Nur uns nicht echauffieren!
Nur immer denken, wenn sie uns neu sind,
Sind wir's nicht minder ihnen. So zwei Kerle
Wie wir!... Zum Teufel auch! An jedem Arm
Hab' ich zehn Mädel, wenn ich will.

Kleps.

Macht sechzig.

(Gehn vorüber.)

Kanzler.

Der König, hohe Fürstin!

König

(mit Adjutant von der Kron. Beim Gewahrwerden Artemisias
zu sich:)

Welch ein Weib!
Ah! — härtre Prüfung noch als die bestandne!

(zu Artemisia)

Willkommen, Fürstin! Solcher Heerschar öffnen
Sich meine Staaten willig. Ihr bekriegt uns
Mit Waffen, denen niemand widersteht.

(mit Blick über die Schar der Mädchen)

Welch holde Völkerwanderung!

Artemisia.

Ich dank' euch,
Daß ihr ermutigt, die nur zaghaft nahn,
Und bitt' euch: denkt von uns nicht zu gering.
Nicht unser freier Wille führt uns her.
Legenden erbten wir, uralte, heil'ge,
Die mir und meinem Volk Besuch befahlen
In euerm Land.

König.

Ich weiß. In unsern Liedern
Auch wart ihr uns verkündet und verheißen,
Wart neben Sonne, Luft und Maiengrün
Der schönste Traum der langen, dumpfen Nächte.
Wohlan! Erfüllen wir die heil'ge Satzung
Und Prophezeiung unsrer beiden Völker.
Verbunden seien sie fortan Ein Volk,
Und eines schwärmerischen Festes Wirbel
Vermische die sich suchenden Geschlechter
Zu frohen Paaren ohne Zwang und Scheu.

(leiser)

Zu euch vergönnt ein Wort mir insgeheim.

(führt sie abseits)

Begehrenswerter seid als alle Wesen
Auf Erden ihr mir, Fürstin. Euch zu sehen
Und lieben war mir eins.

(Hält inne.)

Artemisia.

Fahrt fort, mein König,
Damit nicht, wenn ihr schweigt, ihr mich verlockt,
Zu früh euch ein Geheimnis zu verraten,
Das mich beschämt.

König.

Bewahrt es, edle Fürstin.
Denn wißt: nicht würdig bin ich, es zu hören.
Ihr zweifelt, staunt und möchtet güt'ge Deutung
Der krausen Rede geben. Doch ihr werdet
Unwillig mich verdammen, wißt ihr erst,
Daß ich, obwohl entflammt zu euch in Liebe,
Nicht freien darf.

Artemisia.

Ihr ... dürft nicht? Ihr? der König?

König.

Der König. Recht! Das ist's. Mein Königtum
Ist mehr als äußrer Rang und Macht und Freiheit,
Zu thun, was mir beliebt. Von Gottes Gnaden
Ist's eine gleichsam himmlische Substanz,
Die sich in mich gesenkt hat, mich durchdringt,
Eins ward mit meiner Seele, so daß König
Ich bin in jedem Atemzug und alles
Nur kann als König thun, den eignen Willen
Wie eine leere Form, wie eine Hülse
Mit dem erfüllend nur, was königlich.

Wohlan! Den Zweifel aus der Welt zu schaffen,
Den neid'schen Bastard, der den frommen Glauben,
Den echt gebornen Bruder, um sein Erbe
Betrügen will, — den teuflischen Versucher
Zu bannen, daß er nie sich mehr hervorwagt,
Das scheint mir königlich. Doch dies vollbring' ich
In Ehelosigkeit allein; sie weist mir
Den Weg zum künftig lebenden Geschlecht,
Dem jetzt noch ungezeugten, ungebornen,
Dem ich Prophet, Messias werde sein.

Nicht um Geringeres, geliebte Fürstin,
Verzicht' ich auf das Glück, das eure Reize
So überreich mich schmerzlich ahnen lassen.
Und nun — nur eines noch laßt mich erbitten:
Seid gleichwohl dieses Festes Königin,
An meiner Seite thronend. Und Geheimnis
Bleib' allen diesen, was ich euch vertraut.
Ihr schweigt? Seid ihr gekränkt? O! sprecht, ich
                                        bitt' euch!

Artemisia (kühl).

Behüte Gott mich, so romant'schen König
Im hohen Wandel auf sublimen Pfaden
Auch durch ein einzig Wörtchen zu beirren.

König.

Nicht so! Ihr thut mir weh. Sprecht anders.

Artemisia.

.   Wie denn?
Ich muß doch schweigen schon, den Schein zu meiden,
Als wollt' ich sprechend werben, wo ihr weigert.

König.

Fern liegt mir solcher Argwohn. Darum gönnt
Mir unumwundenen Bescheid.

Artemisia.

                          Erst schwört mir,
Daß ihr nicht euern Vorsatz brecht, was immer
Ich sage.

König.

Das gelob' ich.

Artemisia.

                          Wohl. — Doch nochmals:
Es ist nur Streitlust, Lust am Disputieren,
Nichts andres, was mich reden heißt. Ich hege
Hausbackenen Verstand, der ewig feind ist
Verzückter Träumerei, und übt' ihn öfter
An einem Fräulein, das, wie ihr, phantastisch
Sich hoch und teuer led'gem Stand gelobt...

König.

Ich glaub', ich traf im Walde dieses Fräulein.

Artemisia.

Wohl möglich. Und, wenn ihr sie wieder trefft,
So findet ihr sie einem der Geringsten
Von euerm Volk in brünst'gem Drang verbunden.
Dies phantasier' ich nicht; sie ward gesehn.

König (betroffen).

Ist's möglich? Und sie nahm ich als das Zeichen
Des Himmels!

Artemisia.

Aber dies nicht wollt' ich sagen,
Es glitt mir nebenbei nur so heraus.
Ihr wollt, versteh' ich recht, die Lebensglut
Für eine zweite, künft'ge Weltfahrt sparen
Mit neuem Volke, dem ihr offenbart,
Da ihr schon einmal Himmelsbürger wart,
Wie schön die Welt sei, die ihr selbst erfahren?
Doch seht, wie sehr dabei euch Logik fehlt:
Was Liebe sei, das könnt ihr nicht verkünden,
Da Liebe niemals euren Puls beseelt,
Euch niemals ihr Geheimnis ließ ergründen.
Und weiter: Ihr wollt so den Glauben stärken?
Mir scheint, daß ihr hiedurch den Glauben schwächt.
Der Glaube, der nicht sieht, allein ist echt;
Man stützt ihn schlecht mit greifbar festen Werken.
Und wenn wir seine Quellen erst bemerken,
Sind sie schon nicht mehr rein. — Zuletzt noch eins:
Wenn diese Welt des hellen Sonnenscheins

Euch gut dünkt, ein begehrenswertes Leben,
Warum es dann nicht selbst auch Andern geben?
Warum Schulmeister sein und Lehrpedant
Bei einem zu erwartenden Geschlechte,
Statt, wenn man diese Welt für schön erkannt,
Sie weiter selbst zu bau'n? Der Knecht zeugt Knechte,
Der König würde zeugen seinesgleichen
Und so mit seinem königlichen Ich
In ferne, künft'ge Weltäonen reichen,
Nicht als ein Dieb, der sich hinüberschlich,
Nein, ehrlich wandelnd auf der Gottesspur,
Stark durch die höchste Wahrheit, durch — Natur.

König.

Du Himmlische! Weh mir!... Wie konnt' ich nur...
Doch Gott gibt mir durch deinen Mund Bescheid!

Artemisia.

Was soll's? Ich hoff', ihr haltet euern Eid.

König.

Den ich gethan berückt von falschen Zeichen?
Jetzt, da du seine Thorheit aufgedeckt?

Artemisia.

Doch hab' ich praktisch nichts damit bezweckt.
Laßt nun das Fest beginnen. Schon erbleichen
Des Himmels Farben. Eures Wortes harren —
Seht euch doch um! — die vielen armen Narren,

Die unbedenklich Eines nur verlangen.
Dies Eine — laßt es endlich sie empfangen.

König.

Nicht bis du den erhörst, der sich vermessen
Sinnlosen Schwurs und jetzt vergeht in Reu.
Du kannst nicht fordern, daß das Volk sich freu'
In hohem Liebesrausch und ich, vergessen,
Einsam und unberührt von all der Lust,
Mich in ohnmächt'gem Drang verzehre.

Artemisia.

Von Anfang habt ihr's anders nicht gewußt.
Ihr suchtet Liebe nicht, ihr suchtet Ehre.

König.

Grausame! Wie, wenn allem Volk ich wehre,
Was du versagst dem König mitleidlos?

Artemisia.

Denkt nicht von eurer Königsmacht zu groß.
Die Lieb' ist Weltregentin; von Trabanten
Ist sie umringt, wie keine Majestät,
Hat ihre residierenden Gesandten
In jeder Brust, daß, wer in Krieg gerät
Mit ihr, von seinen eigenen Vasallen
Verraten wird, bekämpft und überfallen.

König.

Ich weiß, daß ohne Lieb' ich bin verloren
Darum erbarme dich. Es sinkt der Tag.

Den letzten Glanz aus seinen goldnen Thoren
Schickt uns der Himmel. Durch den Blütenhag
Geht ein verlangend zitterndes Erschauern —
Du sagtest selbst, daß dich die Aermsten dauern...

Artemisia (unschlüssig).

Beredten Anwalt — zweier Völker Not —
Wählt ihr. Und wenn ich's thät' um ihretwillen...

König (stürmisch).

Du thust's! Du thust's! Die Hochzeitsfackel loht!
So herrsche jetzt ein einziges Gebot:
Den Durst in einem Meer von Lust zu stillen.

(Artemisia vorführend)

Hier, Völker, eure Königin!
Wollt unsern Bund ihr würdig grüßen,
So sucht auch ihr des Lebens Hochgewinn
Zu unsres Doppelthrones Füßen.

(Der Herold gibt auf einen Wink des Königs das Zeichen zum
Beginn des Festes.)

Brummorchester (zum sofort anhebenden Tanz).

(Walzer.)

Maikäferchen
Eins zwei drei, eins zwei drei,
Tanzend entstehen
Schwärmend im Mai.

Prallen zusammen wir
Stehn gleich in Flammen wir,
Maikäferchen
Blühen im Mai.

Suchen und Finden
Eins zwei drei, eins zwei drei,
Flugs sich verbinden
Lehrt uns der Mai.
Und in der Panzerbrust
Blüht uns mit ganzer Lust
Seliges Finden,
Blüht uns der Mai.

(Einzelne Paare schwärmen vorüber.)

Kleps (zu Andrakia).

Darf ich mit Ihnen hängen, liebes Fräulchen?

Andrakia.

Wie hängen?

Kleps.

Nun, in einem Liebesknäulchen.

Andrakia.

Mein Herr! Sie haben ein sehr freies Mäulchen.

Kleps.

Und Beine, sag' ich Ihnen, wie sechs Säulchen.

(Schweben vorüber.)

Reps (zu Phyllis).
Ihr Name, schönes Kind?

Phyllis.
Ich heiße Phyllis.

Reps.
Dann wissen Sie gewiß, was ein Idyll is'.
Ich heiße Reps.

Phyllis.
Auch das klingt landwirtschaftlich.

Reps.
Drum hab' ich auch sofort in Sie vergafft mich.

Phyllis.
Wie hübsch, daß beide Namen pastoral.

Reps.
Versuchen wir die Schäferei einmal.
(Schweben weiter).

Der lyrische Dichter Sylvan (zu Myrrha).
Entzückendes Gebild aus Himmelshöhn!

Myrrha.
Bin ich gemeint? Sie sprechen wunderschön.

Sylvan.
Ein Dichter bin ich. Willst mit mir du fliegen?
Dich auf den Schwingen meines Wohllauts wiegen?

Myrrha.

Von Wiegen sprechen scheint mir noch verfrüht.

Sylvan.

O! du naiv', entzückendes Gemüt!
(Schweben vorüber.)

Hofprediger (zu Hans von Maikerf).

Nein, guter Freund, habt keinerlei Bedenken,
Auf diese Mädchen euern Blick zu lenken.
Wer fromme Seelchen will, schaff' erst die Leibchen,
Darin sie wohnen. Und dazu braucht's Weibchen.
Ich werde selbst mit so was mich bebürden.

Hans von Maikerf.

Habt Dank für euern guten Rat, Hochwürden.
Mich machte stutzig erst dies wilde Schwärmen...

Hofprediger.

Mein wack'rer Freund, das hilft so zum erwärmen.
Gottselig Tanzen ist niemals verloren.
Bei „Christoterpe" denkt an Terpsichoren,
Wer für dergleichen hat die feinen Ohren.
(Beide vorüber.)

Hinterstoißer (hinter einer Tänzerin her).

Du dralles Mädel, dreh dich nicht so schnell,
Warum das ew'ge Wechseln nur der Stell'?
Was Not thut, hat doch seinen festen Platz
An dir und mir. Wozu denn erst die Hatz?
(Ihr nach.)

(Die beiden Bürger mit Tänzerinnen.)

Zweiter Bürger.
Na! was hast denn du für eine?

Erster Bürger.
Eine, die mir sehr gefällt.

Zweiter Bürger.
Und ich gäb' um meine Kleine
Billig hin die ganze Welt.

Erster Bürger.
Der „Grüngoldne" ist vergessen,
Was?!

Zweiter Bürger.
Ja wohl. Will eben messen,
Ob mein Schatz so lang wie ich.

Erster Bürger.
Mach' am rechten Ort den Strich!
(Beide ab.)

Brummorchester.
Bräunlich Befrackte
Eins zwei drei, eins zwei drei,
Bleibt doch im Takte.
Tanzt nicht zu frei.

Wenn ihr euch taktlos zeigt,
Wird's uns vielleicht zu dick,
Und dann kontraktlos schweigt
Eure Musik.
(mit frischer Kraft einsetzend)
Maikäferehen u. s. w.

Flügel-Adjutant von der Kron.
Platz für den König und die Königin!
(Das Königspaar tanzt vorüber.)

Kanzler (zu Medizinalrat von Zangen).
Wie schön schwebt unser Herrscherpaar dahin!

von Zangen (für sich).
Gottlob, daß Majestät auch den gesunden
Weg zur Unsterblichkeit nun hat gefunden.

Kanzler.
Was murmeln Sie?

von Zangen.
O!... nur, daß unser Pred'ger
Dort kommt dahergetanzt, nicht mehr als Led'ger.

Hofprediger (mit Lainilla).
... Im Fleische wandelnd, doch ein Mann des Geistes,
„Die Liebe höret nimmer auf," so heißt es.

Lainilla.
Ein bischen schneller bitt' ich, Galoppade!

Hofprediger (für sich).

Bei der ist's um die schöne Salbung schade.

Lainilla.

Wie meinen Sie?

Hofprediger (galant).

Sie feurige Mänade!

(Schweben weiter.)

(Eine Tänzerin — Doris — kommt, sehr aufgeregt, allein
dahergeflogen.)

von der Kron (zu von Zangen).

Dort naht ein hübsches Kind und noch allein.
Mein Fräulein, dürft' ich wohl ihr Tänzer sein?

Doris.

O! Himmel! Wissen Sie nicht, was geschehn?

von der Kron.

Was denn?

Doris.

Es lassen sich Dämonen sehn.

von der Kron.

Dämonen?

Doris.

Ja, die unser Fest verwirren.
Ein scharfer Pfiff, zugleich ein Schwirren,
Ein Schatten, der auf Riesenschwingen
Durch unsre Reihen stürmt —

Kanzler (sich nähernd).

Von was für Dingen
Nur phantasieren Sie?

Doris.

Die ich erlebt,
So daß noch jeder Nerv mir bebt.
Wo kam mein Tänzer hin? Er war verschwunden
Im Augenblicke, da der Pfiff erklang.
Nur einen Ruck hab' ich empfunden,
Als jenes Schrecknis in die Reihen drang,
Das mir den Bräut'gam von der Seite riß.
Das war der Tod! Gewiß! Gewiß!

Kanzler.

Der Tod in diesem festlichen Gewimmel?
In unserm Paradies? In unserm Himmel?
Das kann nicht sein, da müssen Sie sich irren.
Beweisen werd' ich Ihnen, daß dies Schwirren ...
Weh mir!

(Wird von einer Schwalbe durch die Luft davongetragen.)

Doris.

Das war's! Das war's! Derselbe Ton!

von der Kron.

Bei Gott, es riß ihn weg!

von Zangen.

O! blut'ger Hohn!
Der Tod am Fest als ungebetner Gast.

(Man hört das „Widewitt" anderer Schwalben in der nächsten
Gruppe.)

Doris.

Hört dort! Ein neues Opfer ward gefaßt.

(Erregtes Volk, durcheinander schwirrend.)

Stimme aus dem Haufen.

Was kann das sein?

Andre Stimme.

Geharnischte Gesellen,
Die mitten sich durch unsre Reigen schnellen.

Dritte Stimme.

Ja! ja! mit Gabelschwanz und schwarz verkappt.

Sylvan, der Dichter (herbeistürzend).

Weh! meine Myrrha ward mir weggeschnappt!

Viele Stimmen im Hintergrund.

Helft! helft dem König!

Andre Stimmen.

Helft der Königin!

von der Kron.

Die Majestäten!

König
(von Vielen umringt, erscheint in tiefster Erschütterung).

Alles ist dahin!

von der Kron.

Die ... Fürstin ...?

König.

Schweigt! — Was ich mit ihr verlor ...
Weh mir! ich Thor! ich hundertfält'ger Thor!
(Versinkt in Apathie.)

von Zangen.

Wie jäh hat sich in Leid die Lust verwandelt!
Und niemand, der uns hilft und rät und handelt.
(Bemüht sich um den König.)

(Das Abendrot ist verglommen, die Wolken im Westen haben
sich geballt. Bei schnell einbrechender Dunkelheit vereinzelte
Blitze und fernes Donnern.)

Stimme im Hintergrund.

Dort kommt der rote Sepp geflogen.

Der rote Sepp.

Warum denn nicht? Hoch gehn des Festes Wogen.
Das ist ein Ball mit einem richt'gen Kehraus.
Tanzt selbst der Tod mit, warum gieng' ich leer aus?

von der Kron.

Du bist verhaftet, Spötter!

König (auffahrend).

Er ist frei!
Er einzig ahnte, was dies Leben sei.

Der rote Sepp.

Steht's so? ja! die verkappten schwarzen Ritter!
Dort wieder einer, dort und dort und hier —
(Schwalben schießen durch die Menge und fliegen mit Beute davon.)
Fürwahr! Das Maiengrün schmeckt bitter.

Hofprediger
(mit zerquetschtem Leib niedertaumelnd.)
Verflucht sei Gott, die Welt und ihr! (Stirbt.)

Der rote Sepp.

Der auch! — Und wie vordem im Beten
So nun im Fluchen nicht viel klüger.
Armseliger, betrogener Betrüger! —
Doch hier braucht's Thäter, nicht Propheten.
(Es wird dunkler, das Gewitter stärker.)
Auf, König! Mut! Sei endlich Realist
Und rette, was vielleicht zu retten ist.
Es mehren sich die Toten und die Siechen.
Die Führung nimm, laß uns wo unterkriechen.
(Neues Donnern.)

König.

Dies dumpfe, fürchterliche Rollen!
Ein göttliches nicht hören Wollen!
Ein unser armes Stöhnen
Mit Poltern übertäubend Höhnen.
Und immer dunkler wird das Weltenhaus.
Des Himmels letzte Lichter löschten aus.

Der rote Sepp.

Die Finsternis verscheucht auch unsre Feinde;
Der gelle Schlachtruf ist verstummt,
Da sich der Wald so dunkel jetzt vermummt.
Sieh, König! Die gerettete Gemeinde
- Des Volks drängt sich an dich heran,
Und Jeder führt das Weib, das er gewann...

König.

Mich führt das Weib, das ich verlor,
An der Verzweiflung Höllenthor.

Der rote Sepp.

Wenn erst die Sonne wieder scheint —

König.

Wie? Willst du trösten? Du, der nur verneint?
Ruf gellend mit dem Sturm doch in die Wette:
„Die Sonne liegt auf ihrem Sterbebette!"
(Blitz)
Sieh, sieh! noch einmal glänzt ihr Angesicht,
Noch einmal in verklärtem Licht —

Der rote Sepp.

Die Sonne thut, was alle Wesen thun.
Sie geht, vom Tagewerk sich auszuruhn.
Und morgen bringt sie uns zurück,
Wenn wir's erleben, ein bescheidnes Glück.

König.

Glück? Da mit ihr, die mir entrissen,
Auch jede Lebenshoffnuug schwand?

Der rote Sepp.

Und auch dein königlich Gewissen?

König.

Auch das ist ohne Glauben Tand.

Der rote Sepp.

So lebe schlecht und recht und nimm ein Weib,
Bräutliche Witwen gibt es hier in Menge,
Der Gatte kam abhanden im Gedränge,
Und jungfräulich blieb mancher schöne Leib —

König.

Nur zu! nur zu! Je plumper desto besser.
Zum Schlemmer mach' mich, zum gemeinen Fresser.
Doch wenn ganz unten du im Schlamm mich hast —
Gib acht, ob nicht ein Wirbel mich erfaßt,
Der mich noch einmal trägt empor,
So stolz, so kühn wie je zuvor.

Der rote Sepp (betroffen).

Was ist, daß plötzlich du ein andrer scheinst?
Dich faßt wohl schon der Wirbel, den du meinst?

König.

Ja! Der Gemeinheit ist's gelungen,
Mir neue Lebenskräfte zu verleihn.
Hält Unglück mich und all mein Volk umschlungen —
Wohlan, des Unglücks Zeuge will ich sein,
Will kosten alles, was uns aufbehalten
Von jenen uns verborgenen Gewalten
An weiterm Schrecknis und Verderben,
Will, wenn ich's hindern kann, nicht sterben;
Denn auch des Unglücks Zunge will ich sein
Bei einem kommenden Geschlecht.
O! dies erstreb' ich erst als Gottes Knecht!
Wie anders geht es in Erfüllung,
Als ich in meinem frommen Sinn gedacht!
War dies des Weltenbilds Enthüllung?
O! Maiennacht! O! Maiennacht!

Der rote Sepp
(herzlicher und achtungsvoller als bisher).

Wenn ihr nur kühler könntet bleiben
Und nicht, wie ehedem das Glück,
Das Unglück müßtet übertreiben.
Die Welt ist schlecht in manchem Stück,

Doch nur für die, die just ein Weh betroffen.
Wer diesen schlimmen Tanz hat überlebt
Und Beine noch und Flügel rüstig hebt,
Kann neuerdings auf manches hübsche hoffen.
Was sag' ich: „Hoffen?" Hört ihr dieses Schroten
Der schmausenden Gesellen rings im Laub?
Sie ehren durch ein Leichenmahl die Toten,
Vergnügt, daß sie nicht selbst des Todes Raub.
Und erst — was man nicht hört! Ein sel'ges Schweigen!
Hängt Liebe nicht auf hunderttausend Zweigen
Und brütet brünstig in der warmen Nacht,
Die jedes Blatt zum Pfühl der Wollust macht?
Ein Liebesfest den ganzen Wald entlang!
Seht euch's nur an, es lohnt gewiß den Gang.

(Es beginnt leise zu regnen, allmählig stärker.)

König.

Da du mich horchen hießest, — was ist das?

Der rote Sepp.

Aus Wolken fällt es naß auf Laub und Gras.

König.

Auf uns auch, nicht auf Laub und Gras allein.

Der rote Sepp (den alten Hubeland gewahrend).

He! du Wahrsager dort, was mag das sein?

Der alte Hubeland.

Was maint ihr?

Der rote Sepp.

Dieses rauschende Gewimmel
Auf allen Blättern, dieses Naß vom Himmel?

Der alte Hubeland.

Ah! diese Tropfen? Ja! das kann begegnen!
Das hab' ich schon erlebt. Das nennt man regnen.

(Heftig einsetzender Platzregen, vor dem sich alle zu bergen
suchen; zugleich tiefe Finsternis.)

* * *

Gesang des Regens im Walde.

Wir rauschen herab, wir rauschen hernieder,
Ein hilfebereites, unendliches Heer.
Wir lieben das Grün und den duftenden Flieder;
Wir rauschen herab, wir rauschen hernieder,
Dem Walde zur Labung und Wehr.

Wir hörten sie rufen, wir hörten sie klagen
Die Blätter des Waldes, vom Feinde bedrängt:
Still mußten sie halten dem gierigen Nagen,
Sie wollten verzagen, wir hörten sie klagen,
In klammernde Kiefer gezwängt.

Da eilten herab wir, die wolkengebornen,
Die Wipfel all rauschten entgegen dem Guß.
Ihr Wipfel, ihr schwarzen! wir Eidesverschwornen
Sind eueres gleichen. Von Wolkengebornen
Empfanget den rettenden Kuß.

Prolog zur dritten Handlung.

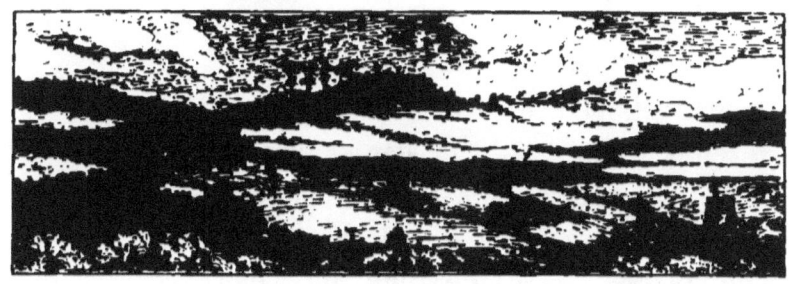

Melancholien hängen in der Luft,
Wenn sich im Frühling feuchte Schleier weben
Um Berg und Thal, der graue Nebelduft
Wie Greisenliebe kriecht um junges Leben,
Wenn Regen sprüht aus zorn'ger Wolkenkluft
Auf Blüten nieder, die im Frost erbeben
Und vor so kaltem Spielgesellen gern
Verhüllen möchten ihrer Knospe Kern.

Sechs rauhe Tage lang blieb zugezogen
Der Vorhang, der das Sonnenbild verschloß,
Sechs rauhe Tage lang die Welt betrogen,
Um Glanz und Wärme. Da auf einmal schoß
Am siebenten gleich einem Pfeil vom Bogen
Ein Sonnenstrahl herab. Langsam zerfloß
Der schweren Wolkendünste trübe Schar.
Mit blassem Blau ward rings der Aether klar.

Doch Millionen, die sich jüngst des blauen
Gezeltes freuten, — vor der schlimmen Zeit! —
Nicht sollen sie's zum zweiten male schauen.
Von frosterstarrten Leibern weit und breit
Sind übersät die Felder und die Auen,
Als hätt' es Leichen aus der Luft geschneit.
Sie liegen in den Pfützen, auf den Wegen,
Und unterm Schlamm oft zuckt ein leises Regen.

Maikäferkönigs Volk, des einst so stolzen,
Hat seine Beresina durchgemacht.
Wie Winterschnee ist die Armee geschmolzen,
Am Tag umschwirrt in schreckensvoller Schlacht
Von tausend wohlgezielten Armbrustbolzen
Des Mißgeschicks; vom Frost vertilgt zu Nacht.
Der Rest — erlangte volle Lebenskunde,
Doch teures Lehrgeld kostete die Stunde.

Laßt uns die Letzten denn zum Ziel geleiten.
Es wird ein langer, närr'scher Trauerzug,
In dem wir hinter kleinen Leichen schreiten,
Die freilich auch ein kleiner Tod erschlug,
— Nicht jener eurer trag'schen Herrlichkeiten! —
Doch war er ihnen grade groß genug.
Und konnten sie auf Erden nicht erwerben
Sich Lieb' und Duldung, — konnten sie doch sterben.

Dritte Handlung.

———❦———

Erster Auftritt.

Breite, von Pappeln, Linden und den Fruchtbäumen der an-
stoßenden Wiesen eingefaßte Landstraße, etwas bergan steigend.
Ein schwerer Lastwagen, der auf der Höhe langsam verschwindet,
hat im Straßenkot breite Geleise zurückgelassen. In den Lachen
vom Regen der Nacht spiegelt sich die Sonne. Käfervolk kriecht
quer über die Straße.
Am Wegrand, um einen Prellstein herum, Hans von Maikerf
mit mehreren Brüdern und seinem Weibe Phrixa.

———

Phrixa (jammernd).

Oi! oi! oi! oi! oi! oi!

Hans von Maikerf.

Still mit dem heidnischen Geschrei!

Dritter Bruder.

Darf die Schwägerin nicht jammern, da es uns allen
so schlecht geht?

Hans von Maikerf.

Jammern möchte sie, wenn's über ihre und unser
Aller Sünde wäre! Aber sie jammert fleischlich.

Phrixa.

Was uns geschieht, — oi! oi! — geschieht uns auch
am Fleische. Schau dorthin, wie das ungeheure Rad
mit jeder Drehung neue zerquetschte Leiber der Unsrigen
in die Höhe bringt. Als Brei kleben dort unsre Brüder
und Schwestern.

Hans von Maikerf.

Leben noch Sünder genug.

Phrixa.

Und dort überall die von den Gäulen Getroffenen,
halb lebendig, halb tot in den nassen Staub gepflastert
mit ihren eigenen Eingeweiden. Oi! oi! oi!

Hans von Maikerf.

Haben eine Gnadenfrist zu bereuen, eh' sie abscheiden.

Phrixa.

Wie sie zappeln und zucken und sich nutzlos ab-
mühen!

Hans von Maikerf.

Die Qual wird ihnen das Gewissen schärfen. „Gottes
Mühlen mahlen langsam, aber mahlen schrecklich fein.“

Phrixa.

Du bist unbarmherzig.

Dritter Bruder.

Da stimm' ich bei; auch mir wird's nachgerade
zu dick.

Zweiter Bruder.

Und mir! So was erwarteten wir nicht, als wir in
unsren alten Erdhöhlen auf die schöne Gotteswelt vor-
bereitet wurden.

Dritter Bruder.

Ja, damals hast auch du aus einem andern Ton
gesungen. Da hieß es, all' Not und Mühsal werd' ein
Ende nehmen im Land der Verheißung und das große
Licht . . .

Hans von Maikerf.

Schweig'! Unsere Sünde hat den Segen in Fluch
verkehrt. Ist's nicht auch ein altes Wort: „Wenn
der Morgen schon kommt, so wird es dennoch Nacht
sein" — ?

Dritter Bruder.

Was haben wir Uebles gethan?

Hans von Maikerf.

Im Fleische gelebt. Und werden darum im Fleische
heimgesucht und gezüchtigt.

Phrixa.

Darfst du das allgemeine Elend noch schärfen durch strafende Reden? Ich sage mich los von dir.

Hans von Maikerf.

Mir ganz recht! Ihr Weiber seid alle heidnisch von Natur, keine Faser in euch, die nicht von dieser Welt wäre. Und durch euch ist das Verderben in unser Volk gekommen.

Zweiter Bruder.

Hat nicht des Königs Prediger — du selbst erzähltest es — den Bund der Männer und Weiber gebilligt und durch sein eigenes Beispiel...

Hans von Maikerf.

Auch ihn hat Gott gerichtet, denn seine Lehre war verkehrt.

Zweiter Bruder.

Die Staatskirche ist dir nicht mehr Richtschnur?

Hans von Maikerf.

Ihr Blinden! — Wahrlich, eine neue Gemeinschaft der Heiligen muß kommen. Und ich will dafür sorgen. Aus unserer elend geschlagenen Armee will ich eine Armee des Heils machen, selbst ihr erster Prediger sein. Und wenn Brüder und Weib mich verlassen, werd' ich neue Brüder und Schwestern werben.

(Singt:)

O! angenehme Folterpein!
Willkommen Qual und Schmerz und Wunden,
Ihr sollt mir Trank und Speise sein,
Bis ich durch euch zum Himmel ein
Den rechten Weg gefunden.

(Fliegt fort.)

Zweiter Bruder.

Der ist dümmer, als Dummerchen selig in seinen
blödesten Stunden war.

Dritter Bruder.

Nein! dumm ist er nicht. Er will oben bleiben
um jeden Preis. Immer hat er uns Brüder beherrscht.
Das ist sein Regentengeist. Wenn seinesgleichen spürt,
daß die Welt ein Untier, ein Drache ist, so will seinesgleichen wenigstens zwischen den Nüstern des Ungetüms
sitzen, wo es rechts und links Flammen hinausschnaubt,
und dazu rufen: „So ist's richtig! so muß es gehn, das
sind verdiente Schwefeldämpfe für euch arme Schlucker."
Solche Leute würden es fertig bringen, noch die Pest
mit einem neuen Gifte zu würzen; denn, was sonst einfach ein Unglück wäre, machen sie zu einem Straf-
gericht.

Phrixa.

Ich wollt', ich hätt' ihn nie gesehen; hab' wenig
Freud' an ihm gehabt.

Zweiter Bruder.

Laßt ihn laufen und probiert's mit mir, Schwägerin.

Phrixa.

Ist mir nicht mehr um neue Freier.

Zweiter Bruder.

Ach was! „Lasset uns essen und trinken, denn morgen sind wir tot." Das haben wir auch einst auswendig gelernt, zwar zur Abschreckung...

Dritter Bruder.

Ja, ja! Die alten Sprüche bekommen neue Gesichter. — Machen wir uns fort von da ins Grüne!

(Kriechen alle drei in die Wiese.)

Kleps (in Moll singend) kommt daher.

Maikäferehen
Eins zwei drei, eins zwei drei,
Im Dreck vergehen,
Das schafft der Mai!

Ah! quel lendemain!...

Reps (ihm begegnend).

So cynisch gestimmt, Herr Kamerad?

Kleps.

Scheußlich!

Reps.

Nicht zufrieden gewesen mit Frauenzimmerchen?

Kleps.

Na, anfangs ja schon. Aber — ä! Schrecklich anhängliche Person. War nicht mehr abzubringen.

Reps.

Haben das im allgemeinen so die Weiber, werden zärtlich, wenn Mann längst fertig. War aber im ganzen selber doch recht gern dabei. Gehört zu den unbestrittenen Vorzügen unserer Rasse, einen so langen Allianzzustand zu haben. Hierin aller Kreatur über. Müßte in unsere Kernliedersammlung aufgenommen werden.

Kleps.

Vorzug? Hm! führt unter Umständen zu schauderhaft tragischen Situationen.

Reps.

Tragischen?

Kleps.

Etwa nicht, wenn Allianz über den Tod des einen Teils hinaus dauert? E?

Reps.

Donnerwetter!

Kleps.

Na, Kamerad, thun Sie nicht, als ob Sie das nicht wüßten. Ist dieser Tage hundertfach vorgekommen. *„Inséparables"* sagt man empfindsam und findet es anfangs so rührend, so erhebend. Is auch allerdings nichts ganz Gemeines, die halbe tote Gemahlin mit sich herumschleppen. Is, wenn Sie wollen, sogar romantisch.

Reps.

Sie selber?

Kleps.

Hatte auch einen ganzen Zug Bewunderer immer auf den Fersen, verfluchtes kleines Beißzangenvolk, das sich so allmählig durch meine selig verstorbene Andrakia zu mir durchfressen wollte.

Reps.

Schauderhaft!

Kleps.

Und das Umgekehrte ist auch passiert, d. h. daß Eine den toten Gemahl durch diese beste Schöpfung spazieren schleppte. Traf da ein Frauenzimmer, das davon rein verrückt geworden war. Hieß Anthusa, er ein gewisses Dummerchen. Sie nannte ihn aber in ihrer Ueberspanntheit „Prinz Schionatulander" und sich „Düchesse Sigune" nach einem alten Märchen. Wie's in dem Verslein heißt:

> „Märchen noch so schauderbar,
> Die Natur macht alle wahr!"

Reps.

Sie citieren sehr ungenau, Herr Kamerad.

Kleps.

Is egal. Gäb's keine schlimmern Ungenauigkeiten in der Schöpfung als falsche Citate! Und würden nur geflügelte Worte verstümmelt statt geflügeltes Leben!

(Ein Zug Volkes kriecht eilig quer über die Straße; einige, die noch dazu Kraft haben, fliegen.)

Kleps.

Was gibt's denn dort wieder?

Zweiter Bürger.

Ja! das frag' ich auch. Warum geht's plötzlich da hinüber?

Erster Bürger (eilig rennend).

Weiß nicht. Aber was die Andern thun, macht man halt mit.

Zweiter Bürger.

Wißt ihr's, Gevatter Hinterstoißer?

Hinterstoißer.

Unser Hintertreffen ist bedrängt. Darum schafft Jeder, daß er nach vorn kommt. Dem alten Hubeland haben sie auch den Rest gegeben.

Reps.

Wer denn?

Hühner!

Hinterstoißer.

Kleps und Reps.

Pfui Teufel! Fort!

<small>(Alle machen sich nach der nächsten Wiese hinüber.</small>

———— ✦ ————

Zweiter Auftritt.

Waldwiese an einer Hügelabdachung. Große Versammlung der Weiber, unter ihnen Tattabaucis, Kakodromida, Phyllis, Lainilla und andere.

————

Tattabaucis.

Hier scheint der Ort mir günstig. Gegen Süden
Senkt sich vom Eichwald her die sanfte Halde,
Ein warmer Streifen lockern, trocknen Bodens.
Wie denkt ihr andern?

Phyllis.

Du bist unsre Herrin,
Seit Artemisia des Todes starb.

Tattabaucis.

Nicht so! Ich will nicht eure Fürstin sein,
Nur eure Führerin, der ihr vertraut.
Mit Liebelei'n und höf'schem Glanz ist's aus.

Auf kurzes Brautglück folgt die Mutterschaft,
In der wir alle gleich sind, unromantisch
Und praktisch nur. Bloß weil ihr mich erkanntet
Als so beschaffen, habt ihr mich erwählt.

Kakodromida.

Ja, jetzt kommt unsereins zum Recht. Gebären
Ist demokratisch.

Lainilla (sich umsehend).

Mir gefällt's hier gut.

Andre Weiber (einstimmend).

Und mir! Und mir! Uns allen!

Tattabaucis.

Ans Geschäft denn!
Erst weiht den Ort mit gutem Spruch und Reigen,
Der auf die Bürde lösend wirkt; dann schlüpfen
Wir unter, jede, wo es ihr gefällt.

Reigen und Gesang.

Eier Eier legen —
Erst ein freier Regen —
Dann ein freier Sonnenschein —
Sieben Segen hinterdrein —
Maiengrün und Flieder —
Dreimal sieben Kinderlein —
Alle mitt's ins Nest hinein —
Sitz' nieder! Sitz' nieder! —

Anthusa (herbeieilend).

Ihr wollt gebären?

Phyllis (sie begrüßend).

Ei, sieh da, Anthusa!

Anthusa (sie nicht beachtend).

Ihr wollt gebären?

Phrixa.

Wollen ist das Wort nicht,

Wir müssen.

Phyllis.

Doch wir können auch.

Lainilla.

Und drum

Ist Wollen gleichwohl mit dabei. Wer möchte
Nicht wollen, was er muß und kann?

Anthusa.

Thut's nicht.

Tattabaucis.

Bist du kein Weib, daß du so thöricht faselst?

Phyllis.

Verzeih ihr. Unsrer vielbeklagten Fürstin
Hoffräulein einst, gleich mir, sprach sie von jeher
Verworrnes krauses Zeug; doch war verständ'ger

Ihr Handeln als ihr Reden. So zum Beispiel
Auch widerriet sie uns zu frei'n; wir sollten
Die Männer meiden. Später ward sie selbst
Mit einem Mann betroffen.

Anthusa.

Er ist tot.

Phyllis.

Wie starb er dir?

Anthusa.

Ihr kennt das Volk der Menschen.

Da fliegen ihnen ist versagt, versuchen
Auf hundert Arten eilende Bewegung
Die Listigen. So haben sie's ergattert,
Auf hohe, leise Räder sich zu setzen,
Mit denen wie im Flug heran sie sausen.
Ein widerwärt'ger Anblick ist's, wenn, häßlich
Vorwärts gebeugt, mit ihren nur vier Beinen
Sie auf dem Unding kleben. Solch ein Rad
Kam wie ein Blitz daher und traf den Gatten
An Kopf und Brust, ihn augenblicklich tötend.
So schnell geschah's, daß ich, mit ihm verbunden
In inniger Umschlingung, noch liebkosend
Ihn hegte, während längst sein Atem stockte.

Phyllis.

Du Aermste!

Tattabaucis.

Wenigstens erfuhr sie nicht
Die schlimm're Witwenschaft, wie diese Männer
Nach kurzem Taumel weiter sich nicht kümmern
Um uns.

Anthusa.

Und wenn ihr dies erfuhrt, wollt dennoch
Fortsetzen ihr dies unvernünft'ge Leben
In künftigen Geschlechtern?

Tattabaucis.

Hört die Närrin,
Die nicht begreift, daß wir notwendiges üben!

Phyllis.

Fühlst du dich selbst nicht Mutter?

Anthusa.

Nein.

Phyllis.

Dann freilich
Kannst du hier nicht mitreden.

Anthusa.

Doch es graut mir,
Daß solches Possenspiel, wie wir's erfuhren,
Sich zwecklos ewig soll erneu'n. — Erschnapptet
An dieser Lebensmahlzeit jemals ihr
Nur einen Bissen, der gewürzt nicht war
Mit Lug und Trug?

Phyllis (überzeugt).
Die Liebe!

Anthusa.
Wo ihr eben
Noch klagtet, daß die Männer euch verlassen,
Sei's, daß der Tod sie raubte, sei's — was schlimmer —
Daß wankelmüt'ger Sinn sie euch entzog?

Phyllis.
Mag sein, daß falsch die Männer sind und treulos,
Mag sein, daß wir auch all zu viel nicht taugen
Und daß die ganze Welt ein Possenspiel.
Doch gibt's im Zeitlauf dieser schlechten Welt
Für unsresgleichen mal ein Viertelstündchen,
Das alles zahlt: wenn zwei von diesen einzeln
So schlimm beschaffnen Wesen sich in Liebe
Verbinden. — Ach! es war halt schön! Und Kinder
Sind das Bekenntnis, daß die Welt uns einmal
So gut gefiel, um selbst an ihr zu baun.

Anthusa.
In unbedachter Lust, ja wohl!

Phyllis.
So sei es:
In unbedachter Lust!

Anthusa.
Die neue Sklaven
In dies Gefängnis liefert, unbefragte!

11

Lainilla.

Geh, frag' sie doch, ob sie nicht kommen wollen.
Mir scheint, sie wollen alle.

Anthusa.

Wem gehörtest
Du an?

Lainilla.

Ich? Bitt' schön, bin Hofpred'gerswitwe.
Und dreißig Pfarrerssöhn' und Pfarrerstöchter
Schenk' ich demnächst der Welt.

Anthusa.

Um Gotteswillen!

Tattabaucis.

Nun hab' ich's endlich satt, daß du verekelst
Uns Müttern die Entbindung. Trolle dich!
Wozu, was unabänderlich, beschwatzen?

Anthusa.

„Was unabänderlich?" — Könnt ihr ins Wasser
Die Brut nicht werfen, aufs Gestein sie betten,
Wo sie die Sonne dörrt?

Tattabaucis.

Du grundverderbtes
Geschöpf! So schlecht, wie jene blassen Riesen,
Die unsre Feinde sind und deren Laster
Sich auch ins Riesenhafte recken. Weiber

Der Menschen thun vielleicht dergleichen. Heilig
Ist diesem mörderischen Volke wohl
Die eigne Brut auch nicht. Wer weiß! sie suchen
Sich Mittel, ihren Schoß gar zu verriegeln.
Sie leben nicht im Wald wie wir, sie ehren
Nicht Sonnenschein und Tau und nähren sich
Von sanften Blättern nicht, daß mit der Speise
Der Atem unsrer großen, heil'gen Mutter
In ihres Leibes Hallen dringt; sie heben
Die Hand auf feindlich wider die Natur
Und mästen sich vom Morde, der sich blutig
In ihre Adern gießt, ihr Hirn vergiftend
Zu tollem Aberwitz, bis sie verkennen
Des Lebens ewige Gesetze. Freilich
Straft auch Natur sie. Neulich hört' ich schreien
Ein menschlich Weib so furchtbar, daß ich wähnte
Man morde sie. Was war's?
(verächtlich) Ein Kind gebar sie!
Nur eines, und doch wollte sie vergehen
In ihrer Qual. Auch mußten Hand und Werkzeug
In ihrem Leibe wühlen nach der Frucht.
Und diese Menschen werten höher sich
Als uns vor Gott, der sichtbar uns bevorzugt,
Da unser Schoß, wie reichlich auch gesegnet,
Leicht seine Bürde hinlegt, spielend fast. —
(zu Anthusa)
Du aber, die du frevelnde Gedanken
Als einz'ge Frucht gebierst, und uns empfohlen,

Was nie in unserm Volke noch geschah,
Nimm in die Gruft, die über dir wir mauern,
Das schändliche Geheimnis deines Rates.
Ergreift sie! Fort mir ihr! Senkt sie lebendig
In ein Verlies, das nie mehr sie verläßt.

Phyllis.

Erbarmen für die Thörin!

Tattabaucis.

Nein! — Kommt alle.
Du, Kakodromida, stehst Wache hier,
Daß niemand uns an unsrem Werke störe.

Anthusa (während sie fortgeführt wird).

Was ihr mir zufügt, wird euch selbst gethan.
Ihr wißt nicht, daß die Wiegen eurer Brut
Euch zum Gefängnis werden und zum Sarge.
Ihr zahlt die Mutterschaft mit euerm Leben.

(Alle ab, außer Kakodromida, die Wache hält.)

Der lyrische Dichter Sylvan
(kommt im Selbstgespräch des Weges daher).

Hier schließ' ich endlich den Sonettenkranz
An meine Myrrha! — 's war ein Kettentanz
Für mich, ein wahrer Klebeklettenschwanz.
Und gar nun das berühmte Meistersonett!
Mit besserm Rechte hieß' es Kleistersonett,
Zusammengeleimt, zusammengepappt
Aus Sätzen, denen der Atem abschnappt,

Bevor sie völlig zur Welt gekommen.
Doch hab' ich die schwere Form genommen,
Weil Würde sie verleiht zum Lohn,
Den rechten Mausoleumston.

O! Myrrha! nur flüchtig mir angegattet,
In schönen Versen jetzt bestattet,
In einem Sonettenkranz begraben, —
Was könntest du noch dagegen haben,
Wenn ich, da dies Stück Biographie
Nun hinter mir liegt, und ein Genie
Ins volle Leben hinein muß greifen,
Den Trauerflor jetzt würd' abstreifen?
„Sich ausleben", denk' ich, heißt die Parole.
Du lebtest dich aus, als vom Pirole
Du wurdest durch die Luft getragen.
Ich aber möchte zu meinem Wohle
Eine andre Manier des Auslebens wagen.
           (in einiger Entfernung die Weiber erblickend)
Und da, schau schau, wie sich's gebührt,
Hat die Muse mich wieder mal glücklich geführt.
Ein ganzes Rudel schöner Kinder,
Kein Mann dabei, — gehn wir geschwinder!

          Kakodromida (ihm den Weg vertretend).
Halt! wer da?

              Sylvan.
          Sylvan, der Poet.

Kakodromida.

Was sucht ihr hier?

Sylvan.

Ich geh spazieren.

Kakodromida.

Das ist kein Ort, wo man spazieren geht.

Sylvan.

Warum nicht?

Kakodromida.

Weil uns Männer hier genieren.

Sylvan.

Wo bin ich hier denn?

Kakodromida.

Bei den Müttern.

Sylvan.

Ei!

Kakodromida.

Ja: „Ei!" Das ist die Losung, drum geht weiter.

Sylvan.

Aus diesem allem werd' ich nicht gescheidter.
Was treibt ihr?

Kakodromida.

Das Geschäft der Mütter.

Sylvan.

Was?

Kakodromida.

Hier wird geboren.

Sylvan.

Schätzchen, du machst Spaß.

Kakodromida.

Im Gegenteil! Mir ist es bittrer Ernst.
Und wenn du Frecher dich nicht flugs entfernst,
Wird Tattabaucis dir den Weg schon weisen.

Sylvan.

Wer ist das?

Kakodromida.

Unsre Mustermutter. Dicker
Als alle. Führt ein Regiment von Eisen.

Sylvan.

Ich bleib'. Als Dichter...

Kakodromida.

Gib Acht, Verseflicker!
Sie hat dich schon bemerkt. Jetzt geht's dir schlecht.

Tattabaucis
(mit einem Teil der Weiber zurückkehrend).

Was muß ich sehn? Ein Mann! Mit welchem Recht
Störst du der Mütter heilige Verrichtung?
Steh Rede mir! Weshalb hier drangst du ein?

Sylvan.
Ich bin Sylvan, ein Fürst im Land der Dichtung.

Tattabaucis.
Wärst du geblieben dort.

Sylvan.
        Wollt mir verzeihn.
Ich hoffte hier ein Publikum zu finden
Für meinen duftenden Sonettenkranz.
Von denen bin ich, die den Frauen binden
Manch zartes Sträußchen. Dichter geben Glanz
Der Frauenliebe wie dem Frauenleben.

Tattabaucis.
Ja wohl! So ein Verhimmeln und Verschweben
In luft'ge Phantasie und blauen Dunst!
Fern aller Wirklichkeit ist eure Kunst.
Und was da Männchen heißt, stimmt gleichen Tones
Sanft flötend ein in eure Melodie,
Bis ihr teilhaftig seid des süßen Lohnes,
Den ihr erstrebt. Doch selten oder nie

Seid ihr nachher die gleichen wie zuvor.
Schlecht hält der Gatte, was der Bräut'gam schwor.
Und daran seid vor allem schuld ihr Dichter,
Die ihr die Welt gewöhnt an Lügentand,
So daß, wenn alles nüchterner und schlichter
Dann in der Ehe zeigt sich dem Verstand,
Enttäuschung Mann und Weib ergreift und trennt.

Sylvan.
Ich darf behaupten, daß ihr mich verkennt,
Und nicht nur mich, die ganze Dichterzunft.
Wohl wahr ist's, daß zuweilen Unvernunft
Uns reißt dahin in all zu tollem Schwirren,
Wenn nach dem Weibe jede Fieber lechzt...

Tattabaucis.
Berechnung ist dabei; ihr wollt uns kirren,
Indem ihr gar so gottserbärmlich ächzt.

Sylvan.
O! nein! Es ist uns wirklich so zu Mut.
Wer brünstig liebt, schaut wunderbare Dinge,
Die blasse Welt getaucht in Purpurglut,
Um leere Köpfe heil'ge Farbenringe.
Und in uns schwillt's und brodelt's trüb und schwül
Von einem übermächtigen Gefühl...

Tattabaucis.
Das dann ohnmächtig sinkt in sich zusammen,
Sobald gelöscht des ersten Durstes Flammen.

Sylvan.
Das alles mag so sein...

Tattabaucis.
Es ist.

Sylvan.
Doch nur,
Weil jene große Dichterin Natur
So in uns wirkt. Wir Dichter aber streben,
Dem flücht'gen Glück den Weiheglanz zu geben,
Der selbst den Tod oft überdauert,
Wie ich, zum Beispiel, der um Myrrha trauert...

Lainilla (als Botin kommend, zu Tattabaucis).
Jetzt ist sie völlig eingemauert.

Tattabaucis.
Schweig!

Sylvan.
Wer ist eingemauert? Darf ich fragen!

Tattabaucis.
Nein!

Lainilla.
Ei! warum soll man's nicht sagen?
Ein sittenlos Geschöpf, das frevelhaft
Uns riet, die künft'gen Kinder zu vernichten.

Phyllis.

Anthusa ist's.

Sylvan.

O! Löset ihre Haft.

Tattabaucis.

Nichts da!

Sylvan.

Ist's ein Triumph, sie hinzurichten?
Wär's nicht glorreicher, edler, zu bekehren
Die arg Gefallene.

Tattabaucis.

Bekehren? Die?

Sylvan.

O! schenkt sie mir. Ich würde sie belehren
Und bessern.

Phyllis.

Witwer er und Witwe sie —
Laßt Gnad' für Recht ergehn.

Tattabaucis.

Und wär' es Gnade,
Wenn aus den Beiden wirklich würd' ein Paar?

Lainilla.

's ist Eines für das Andre nicht zu schade!

Tattabaucis (für sich).

Die schärfste Buße Beiden wär's. — 's ist wahr:
Ein Dichter und ein tolles Frauenzimmer
Als zärtlich Paar — da ist der Tod nicht schlimmer.

(zu Sylvan)

Es sei! — Doch Myrrha? der Sonettenkranz?

Sylvan (beglückt).

O! sorgt euch nicht um diesen Firlefanz.
Da „Myrrha" so wie so kein Reimwort war,
Paßt alles auf Anthusa ganz und gar.
Doch nimmt sie mich?

Tattabaucis.

Wo ich das Bündnis flechte?

(höhnisch)

Glaub' mir's: du bist für sie genau der Rechte!

(Alle gehen ab.)

Dritter Auftritt.

Ein Hügel mit alten Linden und Kastanienbäumen. Unfern davon
ein Städtchen mit Türmen und in die Stadtmauer gebauten
Häusern, darunter Gärten im ehemaligen Wallgraben. Auf einem
Lindenast: König, von der Kron und der rote Sepp.
Später Vormittag.

König.

Nicht daß so elend schmilzt dahin mein Volk,
Bedrängt, verfolgt von tausend Widersachern,
Ist, was am meisten mich zu Boden drückt;
Nein! Die Erkenntnis, daß wir nur geschaffen,
Ein Ekel aller Welt zu sein, vergällt mir
Die Lebenskost. Uns zeugt' ein Geist des Unsinns,
Der widerruft, was eben er befahl,
In einem Atem dreimal sich verläugnend.
Zuerst aus Millionen jungen Zweigen
Lockt' er das holde Blättergrün ins Dasein,
Dann rief er uns, gab den smaragdnen Wald
Uns hin zur Beute, daß wir kahl ihn legen.
Auf einmal reut es ihn. Nun will er wieder
Die schönen, lichten, grünen Kronen schützen.
Und er, der als verschwenderischer Fürst
Zu einem üpp'gen Gastmahl uns geladen,
Wird Geizhals plötzlich, höhnischer Tyrann,
Der auf die Gäste Henkersknechte hetzt,
Die sie vom Mahl zu Tod und Folter zerren.

Wer dies erzählte, daß sich's zugetragen
In einem fernen Land in grauer Vorzeit,
Dem riefe man wohl zu: „Schweig still von Dingen,
„Die niemals sich und nirgends noch begeben.
„Denn solchen greisenhaft schwachsinn'gen Frevler
„Hat nie die Welt getragen." Doch wir leiden
Dies Unerhörte, wir erleben's hier.
Ich bitt' euch: steckt Vernunft in solchem Kreislauf?
Sucht, wenn ihr könnt, den Sinn in dieser Thorheit.
Wenn's bitter ist, zu leiden und zu sterben,
So ist's noch zehnfach bittrer, zu ersticken
An einem — Rechnungsfehler. Ah! mir ekelt!

Der rote Sepp.

Vernunft ist, wie du sagst, nicht viel darin.
Doch eines, scheint mir, braucht dich nicht zu grämen:
Daß wir so widerwärtig sind als Fresser
Der ganzen Welt. Denn sämtliche Geschöpfe
Sind gleich verhaßt wie wir bei allen denen,
Die sie in ihren Bauch als Nahrung schlingen.
Geh doch umher und sammle Stimmen, König,
Wie von den Menschen, unsern schlimmsten Feinden,
Die Wesen denken, die mit ihrem Blute
Dem Menschen zinsbar sind.

König.

So ruchlos treiben
Den Mord im großen sie, daß er zum Recht wird.

Sie legen unbedenklich Hand an alles
Und spielen auf als Herren sich der Welt.

Der rote Sepp.

Vielleicht doch sind sie besser nicht als wir
In jenes Starken Hand, der sie geschaffen,
Und fühlen selbst zuweilen es, die stolzen.
Ich hört' ein Lied, das sie auf uns gedichtet.
Schwermütig klingt's, es singen's ihre Kinder
Beim Abenddämmerschein. „Maikäfer flieg'!"
So hebt es an und scheint uns zu beneiden
Um dieses bischen freien Flügelschlag;
Dann weiter lautet's: „Vater ist im Krieg,
„Die Mutter ist in Pommerland,
„Pommerland ist abgebrannt."
Wißt ihr, daß ihresgleichen sie im Krieg
Zerschmettern und verstümmeln! Dieses Schwelgen
Im rücksichtslosen Brauchen ihrer Macht
Hält stille nicht vor ihrem eignen Fleisch.
Jüngst sah ich Einen drüben stehn im Wald,
Die Augen rollten wild. Und plötzlich schlang er
Sich um den Nacken einen Strick und hing sich
Am nächsten Ast und starb durch seine Hand.
Ich wünschte: Trügen alle Bäume doch
Dergleichen Frucht! — Doch frag' ich, wer der Unsern
Hat solches je zu thun auch nur gedacht?

König.

Und dennoch nennen uns sie „Ungeziefer"!

Der rote Sepp.

Beleidigungen waren nie Beweise.
In ihre Fenster hab' ich oft geblickt
Und kenn' ihr Leben ziemlich, kenn' ihr Sterben.
Wohlan! Wir, zwar umringt von hundert Schrecken
In einer Welt, die niemals ich gepriesen,
Noch preisen werde, haben doch vor ihnen
Ein Ding voraus: Der Tod kommt uns von außen.
Bei ihnen nimmt er Wohnung und verwüstet
Den Leib mit jahrelangem, bösem Fleiß,
Bricht ihnen aus die Zähne, trübt die Augen,
Verstopft ihr Ohr, entzündet heiß ihr Blut,
Trifft ihre Lungen mit vererbter Fäulnis,
Schwärt in den Eingeweiden, zuckt und reißt
In ihren Knochen — (wie sie nachts oft seufzen!) —
Kommt heut' als Brand und morgen gar als Wasser
In ihren Beinen, das zum Herzen anschwillt,
Teuflisch zu ängst'gen sie. Kurz! jede Faser
An ihrem Leibe, von dem grauen Scheitel
Bis nieder zu den platten, müden Füßen
Hat ihren eignen Folterknecht und Büttel,
Noch ungerechnet die gespenst'gen Seuchen,
Vermummte Hexen, die — man weiß nicht wie —
An ihren Häusern klettern nachts empor
Und ihnen in die Fenster steigen. Seht!
Von diesem allem gibt es nichts bei uns.
Wir kennen Siechtum nicht.

König.

Dafür den Schrecken
Des jähen Griffes jener kalten Hand,
Der, weil er warmes, kräft'ges Leben packt
Und unsre Seelen aus den angenehmen
Gesunden Hütten wohlgeschaffner Leiber
So plötzlich reißt, nun zehnfach schmerzhaft wird.

Der rote Sepp.

Auch ihnen springt der Tod oft an den Hals,
Wenn mitten sie im Glück des Tages schwelgen.
Ich flog an einer Stadt vorbei, darinnen
Viel lauter Jubel war und Fahnenschwenken,
Vergnügtes Schmettern jenes gelben Bleches,
Das in der Sonne glitzert und die Luft
Mit schauerlichen Tönen fast zerreißt.
Und mitten durch bekränzte Straßen fuhren
Geschmückte Wagen, ritten stolze Reiter
Und Reiterinnen. — Doch unfern der Stadt
Am Waldessaum lag aufgetürmt ein Haufe
Von Trümmern und darunter blut'ge Leichen
Von Menschen, die das Fest mitfeiern wollten.
In jenen Kästen, die von Ungetümen
Von dampfenden gezogen, donnernd rollen
Durch's flache Land, schon nahten sie der Feststadt,
Als unversehens in die letzten Wagen
Ein zweiter, schnell'rer Feuerdrache brach,
Der auf derselben Eisenstraße sauste.

Da, glaubt mir's, wurden um kein Haar sie feiner
Vom Tod behandelt, als zuweilen wir.
Da gab's auch ausgeriss'ne Beine, Köpfe,
Die sich vom Rumpf gelöst, zerdrückten Brustkorb,
Gequetschten Leib, ganz wie wenn unsereinen
Die Hiebe treffen ihrer plumpen Keulen.
Und solcher Schädigung sind alle Tage
Sie ausgesetzt. Der eine fällt ins Wasser,
Der andre brennt am Herde lichterloh,
Im Unratsumpf ersticken ihre Kinder.
Drei Meilen nur von hier liegt ein Gebirge,
Dort holen schwarze Steine sie zum Futter
Für jene Drachen, die vorhin ich nannte.
Wohl! gestern wälzte Rauch sich aus den Höhlen
Des tiefen Berges, schreckensbleiche Männer
Umstanden ratlos ihn. Von allen Seiten
Dann eilten Weiber her mit ihren Kindern.
Und nun ein Heulen, Kreischen, Beten, Fluchen,
Ein jammernd Winseln, unterdrücktes Schluchzen!
Ihr fragt: um was das alles? Die da drinnen
Armselig nach den schwarzen Steinen gruben,
Die waren alle rettungslos verloren,
Erstickt, verbrannt, erschlagen von dem Berggeist,
Der jahrelang sich oft nicht regt, dann tückisch
Auf einmal aufspringt und sie alle würgt.
So geht der meisten Menschen Leben hin.
Ihr seht, wie viel sie von sich selber halten,
Vor ihrem Gott sind sie auch Ungeziefer,

Das er mit härtern Uebeln noch sucht heim
Und unterdrückt als selbst uns arme Kerfe.

König.

Man sagt, sie seien wissender als wir,
Auch weiser und von zarteren Gefühlen.

Der rote Sepp.

Ein andres schwirrte mir ins Ohr ein Freund,
Der aus dem fernen Ostreich Kunde brachte,
Wo einen neuen Cäsar sie gesalbt.
Die armen Hungerleider! Um Geschenke
Von kleinem Werte keilten sich die Massen
So eng zusammen dort, daß an dreitausend
Von ihresgleichen wurden tot gedrückt.
Ist darin Weisheit? Zarteres Gefühl?
Und sei's, sie wüßten mehr als wir, so sehen
Sie Uebel kommen, die mit aller Weisheit
Sie nicht verhindern können. Sei's, daß zarter
Sie fühlen! Um so schrecklicher empfinden
Sie jenen schweren schwarzen Tag, das Scheiden
Von ihren Liebsten, von der süßen Heimat,
Der wonnigen Gewohnheit des Besitzes.

von der Kron.

Und einfach ist ihr Denken keinen Falls;
Oft sind sie selbst bewußt nicht ihrer Thaten.
Hievon erfuhr ich heute früh ein Stückchen.

König

Erzähl'! Es ist das einz'ge, was uns hilft,
Des eignen Elends leidlich zu vergessen,
Wenn wir die Wunder alles Seins erwägen.

von der Kron.

Erwartet nicht zuviel von dem Histörchen,
Besonders, weil ich selbst nur halb begreife,
Was ich gesehn. 's war gestern früh.

König.

Wie „gestern"?
Du sagtest „heute"!

von der Kron.

Weil sich auf zwei Morgen
Verteilte mein Erlebnis. — Gestern lag
Noch steif vom Frost der Nacht ich unbeweglich
Vor einem Gartenpförtchen auf dem Rücken.
Da trat heraus ein blankes Menschenkind
Von jenen, denen's um die Hüften schaukelt
Wie ein verkehrter ries'ger Blumenkelch.

Der rote Sepp.

Kurzum, ein Mädchen oder Weib.

von der Kron.

Ein Mädchen.
Natürlich wußt' ich meine letzte Stunde
Gekommen, wenn sie auf mich trat, und krampfhaft
Verkleinernd mich, zog ich die Glieder ein.

Auf einmal sieht sie mich und senkt ein Ding —
Solch einen langen Stab mit buntem Zeltdach,
Das auf und zu sich schieben läßt —

Der rote Sepp.

Wir kennen's.
Die Menschen tragen's, weil sie selbst wohl fühlen,
Daß sie nicht wert der Sonne, die sie anscheint,
Noch selbst des Regens, der vom Himmel fällt.

von der Kron.

Das Mädchen also senkt den braunen Mastbaum
Genau auf meine Brust, und bang erwart' ich
Den Todesstoß, da dicht mir überm Leibe
Die Spitze hängt und leise mich berührt.
Jedoch kein Stoß erfolgt. Nur hält sich schwebend
Das Ding mir überm Magen, senkt zuweilen
Sich noch ein wenig tiefer, doch nicht feindlich
Und scheint mich aufzufordern: Klammre dich
Und klettr' an mir empor! — Was konnt' auch
                                        Schlimm'res
Begegnen mir, wenn so ich that? — Ich faßte
Mir denn ein Herz und krabbelte behutsam
Am glatten Schaft hinan. Das Mädchen schaute
Mir ruhig zu. Dann trug sie an dem Stocke
Zur nächsten grünen Hecke mich und streifte
So zart mich von der Walze, daß bequem ich
Dort auf ein breites Blatt zu sitzen kam.

Hier sah noch einmal sie mich an und nickte
Mir wie zum Gruß; dann ging sie ihres Weges.

König.

Das war dein gestrig Abenteuer?

von der Kron.
                                        Ja.
Nun hört, was heut' geschah. Dasselbe Mädchen
Trat diesen Morgen aus demselben Gärtchen.
Diesmal war ich's nicht, der am Wege lag,
Doch war aus unserm Volk ein andrer dort
Zu Fall gekommen.

König.
                    Weißt du, wer es war?

von der Kron.

Ich weiß es, aber... ihn hier nennen weckt
Vielleicht Erinnerungen...

König.
                        Gleich viel! Sag' es.

von der Kron.

Hans Engerling einst hieß er, ward geadelt
Von euch, mein König...

Der rote Sepp (lachend).
                            Weil er mich ergriff,
Als ich zu früh weissagte!

König (den roten Sepp betrachtend).

Ja! man findet
Wohl Weggenossen, die man nicht gesucht.
Wir sind jetzt Freunde. Dennoch trennt uns manches.
Und daß, als dazumal dein höhnisch Lachen
In unsern ersten Jubel schnitt, ich Recht that,
Dich zu behaften, glaub' ich heute noch.

Der rote Sepp.

Ich hab' auch nichts dawider mehr. Wir konnten
Durch Blitz und Donner nur zusammenkommen,
Und jeder, denk' ich, hat gelernt vom andern;
Ihr die Kritik, ich — was man schwerer lernt,
Worin auch nie zur Meisterschaft ich's bringe —
Den Hochflug der Gedanken, edles Wollen.
Euch ist das angeboren und ich ehr' es.

König.
Schon gut!
(zu von der Kron)

Und nun — wie ging es jenem Mann?

von der Kron.

Bekennen muß ich leider, daß durch mich
Zu Fall er kommen war. Die Not der Zeiten
Hat ihm den Honigseim des frommen Glaubens
Versäuert, ja in Galle wohl verwandelt.

Und wie ihm selbst die Gährung dieses Saftes
Den Leib zerreißt, so will er andern auch
Nicht Ruhe gönnen. Jeden fällt er an
Und predigt ihm, es seien Gottes Strafen
Die Uebel dieser Welt. Und Buße sollen
Wir thun für Sünden, die, wenn wirklich Sünden
Es sind, der Schöpfer selbst in uns gepflanzt.
Als er auch mir mit solcher Thorheit kam,
Mit Liedern mich bestürmte, mit Gebeten,
Mich eigentlich belagernd, — wie er „Kriegsruf"
Auch nannte seine Werbung für mein Heil, —
Da, ungeduldig, daß solch läst'ger Schwätzer
Den Morgensonnenschein, der endlich wieder
Durch Regenwolken brach, mir so verdarb,
Fügt' ich durch heft'ge Schwenkung meines Leibes,
Daß er das Gleichgewicht verlor und taumelnd
Zur Erde fiel. — So lag er auf dem Rücken,
Als, ganz wie gestern, jenes wohlgesinnte
Verständ'ge Mädchen aus dem Garten trat.
Nicht groß um ihn deshalb war meine Sorge.
Wenn sie ihn sieht, dacht' ich, wird sie ihm gleiches
Erweisen, wie sie mir gethan. Und wirklich —
Sie sah ihn! Wieder war in ihrer Hand
Der lange Stab mit aufgespanntem Dache.
Sie schloß das Zelt und ganz wie gestern mir
Setzt' ihm sie an die Brust des Stockes Spitze.
In diesem Augenblick aus einem Hause,
Schräg gegenüber jenem Gärtchen, trat

Ein Menschenpaar, ein Mann, an dessen Arm sich
Ein Wesen schmiegte, ganz dem Mädchen ähnlich,
Das vor dem Gärtchen stand und das, — die Augen
Weit öffnend, — nach dem Paare starrt' und staunte,
Wie's fremd und ohne Gruß an ihr vorbei
Den Weg zur Stadt nahm. Nur daß eine Röte
— So schien mir — in des Mannes Antlitz stieg,
Als wie von ungefähr sein Auge streifte
Die einsam Stehende. Die aber hatte
Den Stock inzwischen ganz hinabgesenkt
Und ohn' Erbarmen quetschte sie das Leben,
Das hilflos dort zu ihren Füßen lag,
In stetem Druck, der langsam sich vollzog,
Zu einem Brei. Dann, als sie, wie erwachend
Aus einem Traum, sah, was sie angerichtet,
Schien sie mir keineswegs bestürzt darob.
Mit hast'gem Ruck den Leib des ganz Zermalmten
Vom Stocke streifend, dran er zuckend klebte,
Warf sie ihr Haupt zurück und stieß ein Lachen,
Ein kurzes, mehr nur einen gellen Schrei,
Aus halbgeschloss'nem, höhn'schem Mund hervor,
Dann, trotz'gen Schrittes, ging sie ihres Weges.
Und schwören möcht' ich, ob ich's gleich nicht sah,
Daß diesmal sie gleichgültig trat zu Tode,
Wer immer unsres Volks im Weg ihr lag.
So launisch, seht, so unberechenbar,
So wunderlich sind diese Menschenkinder,
Und die langhaarigen, scheint mir, am meisten!

Der rote Sepp.

Wohlan! so kümmern wir uns nicht um sie,
Da wir nun wissen, daß, wenn sie auch stärker
Als wir, nicht besser sind und gleichen Leiden,
Ja, schlimmern unterthan, als wir ...

König. Wer kommt?

Hinterstoißer (ist herzugeflogen).

Ein Warner! Ihr seid hier nicht sicher, König.
Sebt ihr den alten Turm am Weiher dort?
Just flog an seinen Zinnen ich vorüber.
Auf dem Gemäuer fand ich Ueberreste
Von tausend unsres Volks. Hu! dort sieht's aus!
Zu Haufen liegen dort die hohlen Panzer
Von unsresgleichen, ein entsetzlich Zeughaus.

König.

Von wem geschaffen?

Hinterstoißer.

Von den stark beschwingten
Raubrittern, die wir öfter schon erfahren.
Die hausen auf dem Turm und eben jetzt
Nach diesem Hügel kreisen sie herüber.

von der Kron.

Fürwahr! Schon hört man ihren Schrei!

König. Was liegt uns

Daran, ob jetzt, ob etwas später kommt,
Was doch nicht ausbleibt?

Der rote Sepp.

Wolltest du nicht einst
Des Unglücks Zunge künft'gem Volke sein?
Dem kommenden Geschlecht dich aufbehalten?

König.

Ermattet ist mein Wille, müd mein Herz.

Der rote Sepp

Dennoch gibt leichten Kaufes kein Verständ'ger
Das Leben hin.

von der Kron.

Folgt diesem Wort, mein König.

König.

Wohin uns wenden? Ist denn eine Ruhe
Für unsresgleichen noch vorhanden?

von der Kron.

Lieblich
Dort aus dem Graben, der die alten Mauern
Des Städtchens säumt, winkt uns ein stiller Garten.
Er liegt so tief, daß jene Luftpiraten
Uns dort nicht suchen. Seht, wie breit die Sonne
Sich auf den Kies legt! In den Beeten leuchtet's
Von feuerfarbnen Blumen, während schwellend
In frischem Grün sich Schattenlauben wölben
Und Wipfel alter Bäume.

Der rote Sepp.

Ausgestorben

Von Menschen auch scheint dieses Garteneiland:
Es liegt so still, ein friedlicher Bezirk
Des sanften Träumens.

König.

Sei es! Breiten wir
Noch einmal aus zum Flug die matten Schwingen,
Die wir, als Pfand des wunderbaren Lebens
Im Licht, einst mit so freud'gem Dank empfangen.
Vielleicht ist unsre Hoffnung nicht vergebens,
Zu stillem Ruheport dort zu gelangen.

(Alle vier fliegen fort.)

Episches Intermezzo:

Das Tulpenschiff.

Um des grauen Städtchens Mauern läuft der alte Festungs-
                            graben,
Ausgefüllt mit stillen Gärten, drin die ersten Frühlings-
                            gaben,
Hyazinthen blühn und Tulpen und am Hausspalier
                            Glycinen,
Die mit übersüßem Dufte locken zu sich her die Bienen.

Eine Kornelkirschenlaube wölbt im schönsten sich der
                            Gärten,
Lieblingsspielplatz eines Knaben, der hier, selten mit
                            Gefährten,

Oft allein auf rundem Tische stellt die Reihen der
Soldaten,
Kleine, bleierne Figürchen, ihm ein Heer von großen
Thaten.
Was in Schlachten je vollbrachten Truppen hoch-
berühmter Sieger,
Nachgeahmt ward hier es eifrig mit dem Zwergvolk
dieser Krieger,
Und dieselben Uniformen, die heut' Waterloo bedeuten,
Schmücken morgen trotz'ge Punier, die den Adler Roms
erbeuten.

Doch es stehn seit ein'gen Tagen manchmal stundenlang
die Glieder
Der Armeen unbeweglich. Lesend auf ein Buch sieht
nieder
Der belockte Schlachtenlenker, und es glühn ihm heiß
die Wangen
Ob der Welt voll hoher Wunder, die im Buch ihm auf-
gegangen.
Wohl schlecht zum Soldatenspielen paßt der Zauberkreis
von Dramen,
Der geweiht ist und besiegelt von des größten Britten
Namen.
Und es kämpft im jungen Geiste mit dem Hang zum
kind'schen Spiele
Das Erwachen scheuer Sehnsucht, Ahnung hoher Lebens-
ziele.

Nur wenn's in den Dramen trommelt, wenn bei Agin-
        court die Fahnen
Mit dem tapfern fünften Heinrich ziehn einher auf blut'gen
        Bahnen,
Legt mit ungeduld'gem Seufzer weg das Buch der junge
        Knabe,
Das Gelesene zu spielen. Denn gefährlich war die Gabe
Phantasie ihm zugemessen, mit dem Triebe, zu gestalten,
Greifbar sinnlich nachzubilden, selbst zu leben, fest zu
        halten,
Was nur soll wie Sonnenwolken schweben durch die
        Himmelsräume,
Als ein hohes Fest der Geister, Blüte sel'ger Dichter-
        träume.

Ohne Schuld wird nie verkörpert, selbst nicht in den
        Kunstgebäuden,
Die der Mimen Spiel geweiht sind, die erhabenste der
        Freuden.

        *

Heute las er die Tragödie von Antonius dem Großen,
Dunkel seinem jungen Geiste, dem noch sproßten nicht
        die Floßen,
Um schon Aphroditens Meere, die purpurnen, zu durch-
        schneiden,
Zu verstehn, was um die Liebe Menschen wagen, Menschen
        leiden.

Nur die äuß're Pracht der Dichtung ward ein Goldnetz
seinen Sinnen,
Die geblendet staunten, wie die Königin der Königinnen,
Wie Kleopatra, die üpp'ge, auf dem Prunkschiff kommt
gefahren,
Dessen Wände goldne Spiegel, Seidenstoff die Segel
waren.
Und, da ihn die andern Scenen, die er las, so stark
nicht faßten,
Packt' ein kindisches Verlangen den verträumten Spiel-
phantasten,
Diesen Vorgang aufzuführen mit den kleinen Bleifiguren,
(Eines Meininger Theaters ferne dämmernde Konturen!)

Schnell geordnet steht die Heerschar, die Antonius
befehligt,
Und mit Doppelkreidestrichen zieht der Knabe, still
beseeligt,
Auf dem Tisch die Bahn des Flusses, eine Krümmung
nicht vergessend
Und für das egypt'sche Prunkschiff breit genug das
Strombett messend.
Doch woher das Schiff nun nehmen? — Ei! dort in den
Blumenbeeten
Stehn die feuerfarbnen Tulpen! Schnell zu einer hin-
getreten
Und gepflückt die Sonnenkleider aus dem fernen Lande
Yemen,

Die im gelbgeflammten Sammet salomon'sche Pracht
beschämen.
In dem Nähzeug, das die Schwester stehen ließ, sind
rasch gefunden
Zwirn und Nadel und die Blätter leicht zu einem Ding
verbunden,
Das mit sehr viel gutem Willen man als Schiffchen
mag erkennen.
„Jetzt Kleopatra!" Schon naht sie. Wo die wärmsten
Strahlen brennen
Auf den Gartenkies, hat atmend sich gesenkt ein gelber
Falter.
Armer Elf! Stirbt deine Jugend um ein tausendjähr'ges
Alter?
Ist dir, kleinem Sonnenvogel, heute früher Tod beschieden,
Weil ein schönes Weib einst wohnte fern im Land der
Pyramiden?
Tröste dich! sie, die dich mordet einzig nur durch ihren
Namen,
Längst ist selbst sie Moder worden, und in jener Pforte
Rahmen,
Die das Reich des Todes abgrenzt, wird mit hohlen
Neidesaugen,
Wenn du kommst, von deinen Flügeln sie den Duft der
Sonne saugen.

Zugedeckt vom Tuch des Knaben war der Falter schnell
gefangen

Und sein Lebenslicht erloschen unterm Druck der
Fingerzangen.
Thronend in dem Tulpenschiffchen als Kleopatra, als
bleiche,
Lag jetzt des Citronenflüglers arg zerfetzte kleine
Leiche.
Doch nun fehlte noch dem Fahrzeug, was erst Reiz gibt:
die Bewegung!
Und vielleicht vom ersten Morde bebt' im Knaben eine
Regung,
Mehr Lebend'ges noch zu opfern seinem Spiel. Warum
nicht sollten —
Da in diesem Fluß aus Kreide leider keine Wellen
rollten —
Ungetüme ziehn die Barke, vier gezähmte Krokodile?
Saßen dort doch die erwünschten schon auf einem Rosen-
stiele!
Denn Maikäfer können füglich Krokodile 'mal bedeuten,
Wo französische Husaren Cäsar sind mit seinen Leuten.

Schwer nicht war's, die vier zu fangen, auf den Rücken
sie zu legen,
Gleich Schildkröten, die auf Schiffen, ohne nur sich zu
bewegen,
Aus Westindiens heißen Meeren in das ferne London
reisen,
Wo als Willkomm ihrer wartet Kohlenglut und
Schlächtereisen.

Doch wird schneller hier das Schicksal dieser Käfer sich
entscheiden.
Denn, als sie des Fadens Schlinge nicht am glatten
Leibe leiden,
Als der Knoten immer gleitet, der sie soll ans Fahr-
zeug spannen,
Und es scheint ein Hexenwerk, sie in den Viererzug
zu bannen,
Da, in ungeduld'gem Zorne, der nicht hört des Herzens
Tadel,
Langt der mitleidlose Spieler nach dem Faden mit der
Nadel
Und durchbohrt den Leib der Viere, die in seinen
Henkershänden
Machtlos zappeln, nicht verstehend, wer sie darf so grau-
sam schänden.
Angeschirrt sind sie gleich Rossen an den kleinen
Blumenwagen,
Aber Rosse, die das Leitseil in den Eingeweiden
tragen.
Doch der Knabe sieht nicht Tiere, die in Wahrheit
Schweres dulden;
Fabelwesen sind die Aermsten, die ihm noch Gehorsam
schulden.
Und er lenkt sie und regiert sie, treibt sie auf dem trocknen
Flusse
Nach Belieben ... da — ein Wunder! Mit urplötzlichem
Entschlusse,

Wild gestachelt von den Schmerzen, die in gleichen Wunden
brannten,
Alle vier auf einmal surrend breit zur Flucht die Flügel
spannten.
Und mitsamt dem Tulpenschiffchen schnurrten die dem
Tod Geweihten
In des nächsten Baumes Krone, draus viel weiße Blüten
schneiten.
Flatternd zwischen diesen Grüßen aus dem luft'gen
Wipfelreiche
Kam herab die Pharaonin auch, — des gelben Falters
Leiche.

Mit weit aufgeriss'nen Augen sah der junge Missethäter
Das Geschehnis. Und ihn däuchte, daß im fernen blauen
Aether
Sei das Tulpenschiff verschwunden wie einst des Elias
Wagen.
Da befiel ihn der Gedanke: Vor den Thron des Höchsten
tragen
Werden wahrlich diese Viere die durchbohrten Todes-
leiber
Und, in ihrer Qual verstummend, laut verklagen ihren
Treiber.
Weh! der Gott, der einst Elias zu sich hob, hat auch
gegeben
Das Gebot: „Du sollst nicht töten!" Heilig, heilig ist
das Leben.

Und ich griff mit Mord und Marter in dies Heiligtum!
> zerstörte,
Was unschuldigen Geschöpfen als ihr einzig Gut gehörte,
Raubt' ihr bischen Lebensodem dieses Gartens stillen
> Bürgern,
Diesen friedlichen Gesellen! Bin von all den tausend
> Würgern,
Die Natur auf allen Zweigen hält bereit zum Tod der
> Schwachen,
Der verworfenste, weil jene nur aus ernster Not den
> Rachen
Oeffnen, wenn sie diese Kleinen jagen, um sie zu ver-
> schlingen,
Während ich so großen Frevel konnt' in närr'schem
> Spiel vollbringen.
Weh mir! Wo ich ihresgleichen künftig seh', muß ich
> erröten.
Und im Herzen als mein Urteil glüht das Wort: Du
> sollst nicht töten!

Weinend bitt're Reuezähren, zwischen Buch und Blei-
> soldaten
Legte seinen Kopf der Sünder auf den Schauplatz seiner
> Thaten,
Auf den Tisch, und sah die Fee nicht in dem weißen
> Zauberschleier,
Die, sich aus der Laube Wipfel lösend, scheu zuerst,
> dann freier

Hinter den verhärmten Knaben trat und wie ein Hauch
berührte
Seinen Scheitel. Leise sprach sie, während ihre Hand
sie führte
Lässig über seine Locken: „Höre, was ich dir verkünde!
Du bist mein. Und wenn du leidest, — ich verführte
dich zur Sünde.
Denn ich spiegle deinem Geiste, deinen Sinnen, was
dich blendet,
Und noch vieles wirst du leiden, bis die Zeit der Prüfung
endet.
Doch, wenn du sie kannst bestehen, sei's in vielen, vielen
Jahren,
Wenn vorbei ist deine Jugend, wenn du steht in grauen
Haaren,
Sieh, alsdann bin ich es wieder, die dir weist den Weg
zur Sühne,
Die dich lehrt ein Denkmal bauen deinen Opfern, eine
Bühne,
Drauf du mit bewegtem Herzen feierst dieser Kleinen
Leiden,
Lehrend deine Menschenbrüder Liebe hegen, Frevel
meiden."

So die Göttin. Und der Knabe, schauernd noch in seiner
Reue,
Fuhr empor. Da lag der Garten einsam. Nur des Himmels
Bläue

Spannte hoch sich über all den frisch belaubten Blüten-
bäumen,
Und es zog durchs Herz des Knaben mit der Trauer
scheues Träumen.

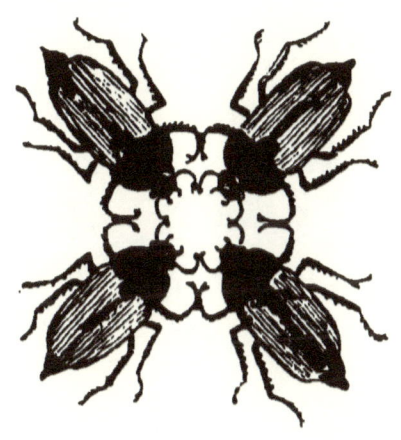

Fortsetzung der dritten Handlung.

Letzter Auftritt.

Ein Hügel über Feldern mit junger Saat; in der Ferne ein See.
Abend.
König, von der Kron, der rote Sepp und Hinterstoißer,
alle vier verwundet, der letzte noch ein Endchen Faden mit-
schleppend.

———

König.

Befreit!

von der Kron.

Um welchen Preis!

König.

Gleichviel! Zerrissen
Die Fesseln dieser niederträcht'gen Frohn!

Der rote Sepp.

Zerrissen unser Leib! Wir sind verloren.

König.

Verlorne finden heim.

Der rote Sepp.

Heißt das: „Heim finden“
Zum letzten Kampf sich strecken? — Ich bin fertig.

Hinterstoißer.

Auch ich bleib’ liegen. Was hilft’s, weiter fliehn?
Als ich gesund war, in der Kirmeßnacht,
Sagt’ ich zu meinem Mädel auch: „Was zwirbeln
Und wirbeln ohne Ziel? Wir tragen bei uns,
Was uns von Nöten.“ Jetzt — dasselbe sag’ ich.
Doch unsre Not ist’s, die wir bei uns tragen.

Der rote Sepp.

Ja wohl! wir brauchen nicht erst weit zu suchen
Das Thor, das uns hinausführt aus der Welt.

Hinterstoißer.

Ich kann nicht mehr.   (Legt sich hin).

König.

So bleiben wir. Der Anger
Ist friedlich, wie zum sterben eingerichtet.
Die Sonne sehen wir und sie sieht uns.

Der rote Sepp.

Sie sinkt hinab.

von der Kron.

Wir kommen ihr zuvor.

Leb wohl, du schöne Welt! Es geht hinunter.

König.

Du sagtest: „schöne Welt“, und sagtest recht.
In aller Schönheit strahlt sie, da wir scheiden.
„Schön“ ist ihr Zauberwort. Auf schönen Schein
Ist sie geschaffen, der uns wohl gefällt.
Seht in der jungen Saat die Wellenspiele
Des Windes, hört die Erlenkronen flüstern
Und diese Tänze schaut, die Licht und Schatten
Von morgens früh bis spät und überall,
Auch wenn nicht Augen da sind, zu bewundern,
Am Waldesrand und auf den Wiesen hüpfen.
Und so zu eigner Lust in stillen Schluchten
Rinnt der krystallne Quell am Felsen nieder,
Wo dunkles Moos von seinem Segen träuft.
Hoch aber dort im Blau, unendlich hoch,
Türmt sich das Land der weißen Wolkenberge.
Und wo sich eine Wolke löst und schwimmt
Als Schiff im weiten Ozean der Luft,
Schwebt still ihr Schatten unten riesengroß
Hin über die smaragdnen hellen Fluren
Und über Hügel und den schwarzen Wald.

von der Kron.

Ich sehe sie, die Schattenwolke dort!
Es fährt auf ihr der Tod, der große Sammler,
Der alles Leben liest in seine Tasche.

Der rote Sepp (zum König).

Und du kannst — mit dem Stich im Leibe — preisen
Die Schönheit noch der Welt?

König.

Den schönen Schein!
Ich rat' euch nicht, zu suchen unterm Busch,
Was zuckend dort verendet; unter Steine
Nicht kriecht neugierig jemals, zu erfahren,
Was sie bedecken. Wißt! Die Welt ist glatt
Und blank, wie wir es waren, ehe noch
Der Teufel, der uns fing, den spitzen Spieß
Uns in die Weichen trieb. Wo solche Spitze
Sich in die Welt hineinbohrt, dringt ihr Unrat
Und ihrer Eingeweide wüster Knäul
Ans Licht.

Der rote Sepp.

Jetzt nähert sich dein Lob der Wahrheit.
Sieh! selbst dein armes Opfer ward verworfen.
Nicht künftige Geschlechter wirst du warnen.

König.

Und wenn ich's könnte, dennoch thät' ich's nicht.
Sei's, daß dies Leben eine Zaubermaske

Mit Augen, die erst locken, herrisch dann
Uns bannen, endlich arg und hohnvoll funkeln, —
Wer einmal dem gewalt'gen Zuge folgte,
Je in den Wirbeltanz gerissen ward,
Der kann sich denken nicht, noch möcht' er wünschen,
Er wäre nicht dabei gewesen! Nein!
Wer Leben je erfuhr, muß dennoch danken,
Daß ihn der Hauch berührte, der ein Nichts
Aus dumpfem Schlafe weckt, den Staub mit Atem
Beseelt und mit Gestaltung ihn bekleidet. —
Blüht, künftige Geschlechter! blüht wie wir,
Und tragt wie wir die Doppelfrucht des Lebens,
Die süße Lust und all das bitt're Leid.

Der rote Sepp.
So dankst du Gott für diese Welt?

König.
Ich thät' es,
Wär' sie so gut als schön. Da aber fehlt's!
Warum du Starker, der am Feuer du
Von tausend Sonnen Lebensteig bereitest,
Warum das arme Bröschen Liebe sparen,
Das einz'ge, was ihm Wohlgeschmack verliehe?
Warum statt Liebe Haß?

Der rote Sepp.
Wenn er das hört
Und schämt sich nicht! Sein eigenes Geschöpf,
Das ihn mit frommen Wünschen überflügelt!

König.
Und im Vollbringen arm ist wie er selbst.
(sich unterbrechend)
Horch! Was ist das?

Der rote Sepp.
   Die Menschen nennen's: Glocken.
Fern übern See herüber streift der Ton.
Mit diesem Schalle wollen Gott sie ehren.

König.
Du irrst. Sie wollen rühren ihm an's Herz,
Daß seine vielen Sünden er bereue.
Es lautet summend dieser Schall und lieblich.
Die Beiden da — sie hören ihn nicht mehr.
Sahst du sie sterben?   .

Der rote Sepp.
   Plötzlich traf es sie.

König.
Bald liegen, ihnen gleich, so steif auch wir.
Komm, laß uns beten für den armen Gott,
Der das Gefäß der Welt, das schön er schuf,
Mit Duft und Lieblichkeit nicht konnte füllen.
(betend)
Du armer König aller Könige,
Der du den Lebensstoff der Welt verwaltest,
Doch kärglich, weil er nicht für alle reicht
Und doch dein Ehrgeiz grenzenlos im Zeugen,

Der du darum ihn spärlich spendest nur,
Kein Leben schenkst, das nicht zuvor vergiftet
Du mit dem Keim des Todes, — armer Gott!
Du selbst vielleicht träumst nur als schweren Traum
Die Welt und liegst in Banden, die dich fesseln, —
Ich bleibe doch dir gut, ich danke dir.
Du gabst mir dieses Leibes kleine Hütte,
Aus der du jetzt mich wieder rauh vertreibst.
Sei's! — Ich verzeihe dir die Welt,
Wie man verzeiht dem Weibe, das uns log,
Um seiner argen Schönheit willen. — Ah!

(Stirbt.)

Der rote Sepp.

Da streckt er sich, der kleine Heldenkönig.
Der letzte seines Volks, ein Ueberwinder!
Ein Nichts, ein hingemartertes Geschöpf,
Wie wir es alle sind. Und doch ein Sieger.
Das Opfer würdiger als der Altar,
Auf dem's verblutet. Mich auch überwand er.
Ein Narr des Herzens! Die allein sind heilig.

— — — — — — — — — — — — — —

Auch meine Zeit ist um. Bald liegen still
Die kleinen Leichen auf dem Moos des Angers.
Und wenn der schöne Sommer ging vorbei,
Sind wir nur ausgehöhlte Panzer noch,
Vom Herbstwind da und dort im Wald verstreut.
Und Einer kommt, vielleicht ein Musikant,

Der findet solch ein Ding und hält's an's Ohr,
Ob nicht ein Lied noch drin, ein leises, seufze,
So was von letztem Lebenswiderhall — —

  Maikäfer flieg!
  Allvater ist im Krieg.
  Wo ist das schöne Himmelsland?
  Himmelsland ist abgebrannt.
  Maikäfer ... flieg!

  (Stirbt.)

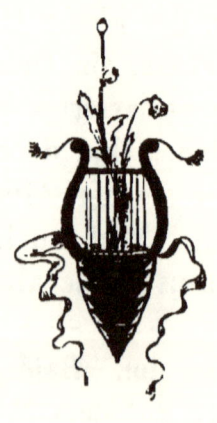

www.ingramcontent.com/pod-product-compliance
Lightning Source LLC
Chambersburg PA
CBHW030133030726
47498CB00007B/2677